밥 딜런 Bob Dylan

1960's 어쿠스틱 기타와 하모니카를 든 저항과 젊음의 상징

포크 음악에 빠져 대학 중퇴 후 가수의 꿈을 품고 뉴욕 그리니치빌리지에
정착한다. 그곳 예술가들과 교류하는 한편, 잭 케루악, T. S. 엘리엇, 윌리엄
블레이크 같은 시인들의 영향 아래 싱어송라이터로 성장한다. 「불어오는
바람 속에」를 비롯해 직접 쓴 저항의 시를 거친 목소리로 뱉어내는 모습이
미국의 젊은 세대를 사로잡는다. 60년대 중반, 저항가수라는 칭호가 새로
운 음악적 시도를 구속한다고 느껴 내면의 목소리에 더욱 귀기울인다. 이
후 포크록이라는 새 페르소나로 무장하고 또다른 경계를 넘는다.

1970's 상업적 성공 속에서도 멈추지 않는 음악적 변모

영화감독 샘 페킨파와 계약하고 「천국의 문을 두드려요」를 탄생시킨다.
1974년 1월에 발표한 앨범 《플래닛 웨이브스》가 연말까지 60만 장의 판매
고를 올렸고, 이듬해에는 은둔하며 작업했던 곡들을 집대성한 《비정규 앨
범》을 정식 발매한다.

1980's 엇갈리는 평단의 반응 속에 '네버 엔딩 투어' 시작

자신의 음악적 뿌리였던 포크와 블루스로 돌아간다. 1988년 '더 그레이트
풀 데드'와 공연하며 영감을 얻어 끝나지 않는 공연 프로젝트인 '네버 엔딩
투어'를 시작한다. 투어는 향후 20년간 2500회가 넘는 공연 기록을 세운다.

1990~2000's 거장에게 쏟아지는 수상의 영광들

평단과 대중의 평가를 초월해 쉼 없이 앨범을 발표하며 존재 자체로 전설
이 된다. 약 60년간 발표한 앨범들은 1억 장 이상 팔렸으며, 그간의 공로를
인정받아 무수한 수상의 영예를 안는다. 각 부문을 통틀어 그래미상 열세
차례, 아카데미상, 골든글로브상, 로큰롤 명예의전당 전설상, 퓰리처상 등
을 받았고, 빌 클린턴 대통령으로부터 '케네디센터 명예 훈장'을, 버락 오
바마 대통령으로부터 '대통령 자유 훈장'을 받았다. 그리고 2016년 "귀로
읽는 시(詩)"라는 찬사와 함께 노벨문학상을 수상했다.

밥 딜런 시선집 3

불어오는 바람 속에

THE LYRICS: 1961-2012/BOB DYLAN
by Bob Dylan

Copyright ⓒ 2004, 2014, 2016 by Bob Dylan
Korean translation copyright ⓒ 2017 Munhakdongne Publishing Corp.
All rights reserved.
This Korean edition is published by arrangement with The Wylie Agency Ltd.

이 책의 한국어판 저작권은
The Wylie Agency Ltd. 와 독점 계약한 (주)문학동네에 있습니다.
저작권법에 의하여 한국 내 보호를 받는 저작물이므로
무단 전재와 무단 복제를 금합니다.

이 도서의 국립중앙도서관 출판예정도서목록(CIP)은
서지정보유통지원시스템 홈페이지(http://seoji.nl.go.kr)와
국가자료공동목록시스템(http://www.nl.go.kr/kolisnet)에서 이용하실 수 있습니다.
(CIP제어번호: CIP2017026876)

BOB DYLAN   THE LYRICS 1961-2012

밥 딜런
시선집 3

불어오는 바람 속에

Blowin' in the Wind

서대경·황유원 옮김

문학동네

일러두기
1. 이 책은 『밥 딜런: 시가 된 노래들 1961~2012』(영한대역 특별판)에서 54편의 작품을 골라 엮은 것이다.
2. 주석은 모두 옮긴이주다.
3. 인명, 지명 등 외래어는 국립국어원의 외래어표기법을 따랐으나 일부는 관습 표기를 존중했다.

차례

걷다 죽게 해주오   9

먼 옛날, 어느 먼 곳에서   12

불어오는 바람 속에   15

전쟁의 귀재들   17

세찬 비가 쏟아질 거예요   20

제3차세계대전 토킹블루스   23

먼지투성이 오래된 축제 장소들   27

신이 우리와 함께하시기에   30

자유의 교회종   34

플레이보이와 플레이걸들   37

사랑 마이너스 제로 나누기 무한대   40

미스터 탬버린 맨   42

에덴의 입구   45

괜찮아요, 엄마(단지 피 흘리고 있을 뿐이니까요)   48

거의 여왕님 제인   54

존 웨슬리 하딩   56

나는야 외로운 부랑자   58

나는 가난한 이민자를 동정해   60

작은 만을 따라가다가   62

시골 파이   64

시간은 천천히 흐르지   66

세 천사   67

난 해방될 거야   68

천국의 문을 두드려요 70

영원히 젊기를 71

웨딩 송 73

폭풍우 피해 쉴 곳 75

모잠비크 79

오, 자매여 80

조이 81

두랑고에서의 로맨스 86

블랙 다이아몬드 만 90

메기 94

수호자의 교체 96

생각할 겨를이 없다 99

누군가를 섬겨야만 해 104

너희는 변할 거야 108

샷 오브 러브 111

싱거운 사랑 114

죽은 자여, 죽은 자여 116

우리 둘만 알고 있자 118

주여, 제 아이를 지켜주소서 120

너 자신을 믿어 122

죽음은 끝이 아니야 124

매일 밤 126

고양이는 우물 안에 있어 128

하이랜즈 130

달빛 136

불쌍한 남자 138

짙푸른 산을 지나 141

거래가 이루어질 때　　　　　　　　144

지평선 너머　　　　　　　　146

좁은 길　　　　　　　　148

폭풍우　　　　　　　　153

불어오는 바람 속에서 얻은 대답　**서대경**　　163
번역 작품 목록

턴테이블 시론 3: 코러스가 있는 시　**황유원**　　168
번역 작품 목록

작품별 저작권　　　　　　　　175

걷다 죽게 해주오

땅속으로 기어들어가지 않으리
누군가 내게 죽음이 가까워왔노라 말한다 해도
죽음 앞에 스스로를 내려놓진 않으리
무덤으로 가는 날에도 내 머리 높이 치켜세우리
걷다 죽게 해주오
저 땅속에 들기 전에

전쟁이 날 거란 소식, 그리고 이미 벌어진 전쟁
삶의 의미는 바람 속에 흩어지고
어떤 이들은 종말이 가까이 왔다 생각하며
사는 법을 배우는 대신 죽는 법을 배우고 있네
걷다 죽게 해주오
저 땅속에 들기 전에

내가 똑똑한지 어떤지는 모르지만, 누가
날 속이려 하는지 그런 것쯤은 알 수 있지
전쟁이 터지고 사방이 죽음이라 해도
지하로 들기 전에, 이 땅 위에서 죽게 해주오
걷다 죽게 해주오
저 땅속에 들기 전에

세상엔 늘 두려움을 퍼뜨리려는 자들이 있지
오랜 세월 전쟁에 대해 이야기해온 자들
그들의 성명서를 전부 읽어보았지만 난 한마디 말도 하지

않았네
　그러니 주님, 가련한 제 목소리 세상에 들리게 해주소서
　걷다 죽게 해주오
　저 땅속에 들기 전에

　내게 루비가 있다면, 내게 금은보화와 왕관이 있다면
　이 세상 전체를 사서 모두 바꿔놓으리
　지난 역사의 과오인
　저 모든 총과 탱크를 바다에 던져넣으리
　걷다 죽게 해주오
　저 땅속에 들기 전에

　산에서 흘러넘치는 개울물 마시게 해주오
　내 핏속에 자유로이 흐르는 야생화의 향기 맡게 해주오
　당신의 초원, 그 푸른 잔디 위에서 잠들게 해주오
　내 형제와 함께 평화로이 고속도로를 걸어가게 해주오
　걷다 죽게 해주오
　저 땅속에 들기 전에

　밖으로 나오라, 그대 사는 곳, 땅과 태양이 맞닿는 곳으로
　저 분화구를, 저 폭포수 흐르는 골짜기를 보라
　네바다, 뉴멕시코, 애리조나, 아이다호
　이 나라의 모든 주州들이 그대의 영혼 속으로 깊이 스며들게
하라

그리하여 그대는 걷다 죽으리라
그대가 저 땅속에 들기 전에

먼 옛날, 어느 먼 곳에서

아, 평화와 인류애를 설파하려는 자는
그로 인해 얼마나 큰 대가를 치러야 하는지!
한 남자가, 그가 바로 그렇게 했지, 오래전에
그러자 사람들은 십자가에 그를 매달았다네
먼 옛날, 어느 먼 곳에서
이제 이런 일은 일어나지 않지
아무렴, 더이상 일어나지 않지

사슬에 묶인 노예들
낮게 수그린 머리와 가슴이
땅바닥에 질질 끌렸지
하지만 그건 링컨 시절에 있었던 일
아주 오래전에 있었던 일이라네
먼 옛날, 어느 먼 곳에서
이제 이런 일은 일어나지 않지
아무렴, 더이상 일어나지 않지

전쟁터에서 총들은 미친듯이 불을 뿜었지
온 세상이 피 흘렸고
해안가 뻘밭엔
사람 시체가 밀려들었다네
먼 옛날, 어느 먼 곳에서
이제 이런 일은 일어나지 않지
아무렴, 더이상 일어나지 않지

돈 많은 한 사람
먹을 것 없는 한 사람
한 사람은 왕처럼 살았고
다른 한 사람은 길거리에서 구걸했다네
먼 옛날, 어느 먼 곳에서
이제 이런 일은 일어나지 않지
아무렴, 더이상 일어나지 않지

날카로운 칼에 찔려 죽은 한 사람
총에 맞아 죽은 한 사람
아들의 사형 장면 지켜보다
억장이 무너져 죽은 한 사람
먼 옛날, 어느 먼 곳에서
이제 이런 일은 일어나지 않지
아무렴, 더이상 일어나지 않지

검투사들은 자기들끼리 죽고 죽였지
이것은 로마 시대에 있었던 일
관중들은 핏발 선 너털웃음으로 응원했다네
눈도 마음도 멀었기에
먼 옛날, 어느 먼 곳에서
이제 이런 일은 일어나지 않지
아무렴, 더이상 일어나지 않지

그러니 평화와 인류애를 설파하려는 자는
얼마나 큰 대가를 치러야 하는지!
한 남자가, 그가 바로 그렇게 했지, 오래전에
그러자 사람들은 십자가에 그를 매달았다네
먼 옛날, 어느 먼 곳에서
이제 이런 일은 일어나지 않지
아무렴, 더이상 일어나지 않지, 그렇지?

불어오는 바람 속에

얼마나 많은 길을 걸어야
한 인간은 비로소 사람이 될 수 있을까?
그래, 그리고 얼마나 많은 바다 위를 날아야
흰 비둘기는 모래 속에서 잠이 들까?
그래, 그리고 얼마나 많이 하늘 위로 쏘아올려야
포탄은 영영 사라질 수 있을까?
그 대답은, 나의 친구여, 바람 속에 불어오고 있지
대답은 불어오는 바람 속에 있네

얼마나 오랜 세월을 버텨야
산은 바다로 씻겨 내려갈까?
그래, 그리고 얼마나 오랜 세월을 버텨야
어떤 이들은 자유를 얻을 수 있을까?
그래, 그리고 한 인간은 모르쇠로 일관하면서
대체 몇 번이나 외면할 수 있을까?
그 대답은, 나의 친구여, 바람 속에 불어오고 있지
대답은 불어오는 바람 속에 있네

얼마나 자주 위를 올려다봐야
한 인간은 비로소 하늘을 볼 수 있을까?
그래, 그리고 얼마나 많은 귀가 있어야
한 인간은 사람들 울음소릴 들을 수 있을까?
그래, 그리고 얼마나 많은 죽음을 겪어야 한 인간은
너무나도 많은 사람이 죽어버렸다는 걸 알 수 있을까?

그 대답은, 나의 친구여, 바람 속에 불어오고 있지
대답은 불어오는 바람 속에 있네

전쟁의 귀재들

오라, 너희 전쟁의 귀재들이여
모든 총을 만든 너희들
모든 죽음의 비행기를 만든 너희들
모든 커다란 폭탄을 만든 너희들
벽 뒤로 숨은 너희들
책상 뒤로 숨은 너희들
그저 너희가 알았으면 좋겠어
그 가면 속이 훤히 들여다보인다는 걸 말이야

너흰 아무것도 한 게 없지
파괴의 도구를 만든 일 말고는
너흰 내 세상을 갖고 놀아
마치 너희의 작은 장난감인 양
너흰 내 손에 총을 쥐여줘
그리고 내 눈앞에서 숨어버리지
그리고 총알이 빠르게 날아가면
뒤돌아서서 멀리 달아나버리지

옛 유다처럼
너흰 거짓을 말하고 기만을 떨어
세계대전에서 승리할 수 있다고
너흰 내가 믿길 바라지
하지만 내겐 너희 두 눈 너머가 보여
그리고 너희 머릿속이 보여

배수관을 흘러가는 물이
투명하게 다 보이는 것처럼 말이야

너흰 방아쇠를 당기고
남들에게 그걸 쏘게 하지
그리고 너흰 물러서서 구경해
사망자 수가 치솟을 때
너흰 대저택 안에 숨어 있지
젊은이들의 피가
그들 몸밖으로 흘러나올 때
그리고 진흙 속으로 파묻힐 때

너흰 사람이 떠안을 수 있는
최악의 두려움을 안겨줬어
이 세상에
아이들을 태어나게 하는 두려움 말이야
아직 태어나지도, 이름 지어지지도 않은
내 아이를 위협하다니
너희 핏줄에 흐르는
피를 너흰 부끄러워해야 해

내가 얼마나 안다고
주제 넘는 소릴 떠들어대는 건지
너흰 아마 날 어리다고 하겠지

너흰 아마 내가 못 배웠다고 할 거야
비록 난 너희보다 어리지만
아는 게 하나 있어
심지어 예수께서도 너희가 하는 짓을
절대 용서치 않으리란 것 말이야

질문 하나만 하자
돈이 그렇게 좋니
그걸로 너희가 용서도 살 수 있을까
그럴 수 있다고 생각하니
너흰 알게 될 거야
죽음이 너희에게 일격을 가할 때면
너희가 벌어모은 돈을 모조리 끌어모아도
절대 너희 영혼을 되살 순 없을 거란 걸

그리고 난 너희가 죽길 바라지
그리고 곧 죽음이 다가올 테지
난 너희 관을 따라갈 거야
그 창백한 오후에
그리고 죽음의 자리로 내려가는
너희를 지켜볼 거야
그리고 난 그 무덤 위에 설 거야
너희가 죽었다는 확신이 들 때까지

세찬 비가 쏟아질 거예요

오, 그동안 어디 있었니, 내 푸른 눈의 아들아?
오, 그동안 어디 있었니, 내 사랑하는 어린것아?
저는 열두 개의 안개 자욱한 산이 있는 곳을 우연히
발견했어요
여섯 개의 굽이진 고속도로를 걷고 기었죠
일곱 개의 슬픈 숲속 한가운데에 발을 들였어요
열두 개의 사해 앞까지 가봤죠
묘지의 입속으로 만 마일이나 들어가봤답니다
그리고 세찬 비, 그리고 세찬 비가, 세차고 또 세찬 비가
그리고 세찬 비가 쏟아질 거예요

오, 무얼 보았니, 내 푸른 눈의 아들아?
오, 무얼 보았니, 내 사랑하는 어린것아?
저는 사방이 온통 야생 늑대들인 가운데 태어난 아기를
봤어요
다이아몬드로 된 텅 빈 고속도로를 봤죠
피가 계속 뚝뚝 떨어지는 검은 나뭇가지를 봤어요
피 흘러내리는 망치를 든 남자들로 가득한 방을 봤죠
온통 물로 뒤덮인 흰 사다리를 봤고요
다들 혀가 꼬인 만 명의 떠버리들을 봤어요
어린아이들 손에 들린 총과 날카로운 칼을 봤답니다
그리고 세찬 비, 그리고 세찬 비가, 세차고 세찬 비가
그리고 세찬 비가 쏟아질 거예요

그리고 무얼 들었니, 내 푸른 눈의 아들아?
그리고 무얼 들었니, 내 사랑하는 어린것아?
저는 천둥소리를 들었어요, 큰 소리로 내리는 경고였죠
온 세상을 잠기게 할 정도로 울부짖는 파도 소리를 들었어요
백 명의 북재비들이 불타오르는 손으로 북을 치는 소리를
들었죠
만 명이 속삭이는 소리를 들었어요, 아무도 듣질 않았답니다
한 명이 굶주리는 소리를 들었어요, 여러 사람이 웃는
소리도 들었죠
타락해 죽은 한 시인의 노래를 들었어요
광대 하나가 골목에서 울고 있는 소리를 들었답니다
그리고 세찬 비, 그리고 세찬 비가, 세차고 세찬 비가
그리고 세찬 비가 쏟아질 거예요

오, 누굴 만났니, 내 푸른 눈의 아들아?
넌 누굴 만났니, 내 사랑하는 어린것아?
저는 죽은 조랑말 곁에 있던 어린아이를 만났어요
검은 개를 산책시키던 백인을 만났죠
온몸이 불타고 있던 젊은 여인을 만났어요
어린 소녀를 만났죠, 제게 무지개를 주었답니다
사랑에 상처 입은 한 남자를 만났어요
증오로 상처 입은 남자도 만났답니다
그리고 세찬 비, 세찬 비가, 세차고 세찬 비가
세찬 비가 쏟아질 거예요

오, 이제 무얼 할 거니, 내 푸른 눈의 아들아?

오, 이제 무얼 할 거니, 내 사랑하는 어린것아?

저는 다시 밖으로 나가요, 비가 내리기 전에요

깊고 깊은 검은 숲속의 아주 깊숙한 곳까지 걸어들어갈 거예요

사람은 많지만 그들의 손은 모두 텅 빈 곳

독이 든 알약들이 물을 범람하게 하는 곳으로

계곡에 있는 집이 축축하고 더러운 감옥과 만나는 곳

사형 집행자의 얼굴이 늘 잘 숨겨 있는 곳으로

굶주림은 보기 흉하고 영혼들은 잊힌 곳

색깔은 검정색뿐이고 숫자는 없는 곳으로

그리고 저는 말할 거예요, 생각하고 이야기하고 숨쉴 거예요

그리고 비출 거예요, 산속에서 말이죠, 모든 영혼들이 그 모습을 볼 수 있도록

그러고는 바다 위에 설 거예요, 몸이 가라앉기 시작할 때까지

하지만 저는 제가 부를 노래를 아주 잘 알 테죠, 그걸 시작하기도 전에

그리고 세찬 비, 세찬 비가, 세차고 세찬 비가

세찬 비가 쏟아질 거예요

제3차세계대전 토킹블루스*

며칠 전, 난 말도 안 되는 꿈을 꾸었어
제3차세계대전 속으로 걸어들어가는 꿈
바로 다음날 의사를 찾아갔지
그가 무슨 말을 해줄 수 있나 보려고
그는 그걸 악몽이라 했네
하지만 난 전혀 걱정하지 않을 거야
그건 내 꿈인데다 오직 머릿속에만 일어나는 일이니까

나는 말했어, "잠깐만, 의사 양반, 세계대전이 내 머릿속을
지나갔어요"
그가 말했지, "간호사, 패드 가져와요, 이 친구 미쳤군"
그는 내 팔을 움켜쥐었어, 난 말했지, "아야!"
정신과 의자에 나를 앉히면서
그는 말했어, "한번 얘기해봐요"

글쎄, 모든 건 세시에 아주 빠르게 시작됐죠
십오 분 만에 다 끝나버렸어요
어떤 어린 연인과 함께 난 하수구 안에 있었고요
나는 맨홀 뚜껑 밖을 엿봤죠
누가 불을 켰는지 궁금해하면서요

글쎄, 난 일어나서 걸어다녔죠
외로운 마을 이곳저곳을요
어느 쪽으로 가야 할지 고민하며 서 있었어요

주차 미터기 위에서 담배에 불을 붙이고는 길을 걸었답니다
평범한 날이었어요

글쎄, 난 방사능 낙진 대피소의 벨을 울렸어요
그리고 머리를 기대고서 소리쳤죠
"깍지콩 좀 주세요, 굶주린 사람이에요"
산탄총이 발사됐고, 난 도망쳤어요
그래도 그들을 크게 비난하지 않아요, 나도 내가 우스워
보이는 걸 아니까

핫도그 가판대가 있는 길모퉁이에서
한 남자를 보았어요
내가 말했죠, "안녕 친구, 우리 둘뿐인 모양이군"
그는 짧게 소리치더니 달아나버렸어요
내가 공산주의자인 줄 알았나봐요

글쎄, 난 문득 여자 하나를 봤죠, 그리고 그녀가 떠나기 전에
"가서 아담과 이브 놀이를 합시다"
난 그녀의 손을 잡았죠, 내 심장은 쿵쿵거렸어요
그때 그녀가 말했어요, "이봐요, 당신 미쳤나보군요
그들이 지난번에 그랬을 때 무슨 일이 벌어졌는지 알잖아요"

글쎄, 난 도시 외곽에서 캐딜락 차창을 봤어요
주위엔 아무도 없었고요

운전석으로 뛰어들었죠
그리고 난 42번가를 달렸죠
캐딜락을 몰고서. 전쟁 후에 몰기 좋은 차랍니다

글쎄, 어떤 광고를 봤던 게 기억나요
그래서 내 코널래드** 라디오를 켰죠
하지만 내가 컨 에디슨*** 고지서를 처리하지 않았더군요
그래서 라디오가 잘 나오질 않았죠
레코드플레이어를 틀었어요
락어데이 조니가 노래하고 있었죠, "엄마한테 말해, 아빠한테
말해
우리 사랑이 점점 더 커질 거라고, 우우와, 우우와"

좀 외롭고 우울한 기분이 들었어요
얘기할 사람이 필요했죠
그래서 난 시간을 알려주는 교환원에게 전화를 걸었어요
그냥 어떤 목소리라도 들으려고 말이죠
"삐 소리가 들리면 세시 정각입니다"
그녀는 그걸 한 시간 넘게 말했고
난 전화를 끊었답니다

글쎄, 그때쯤 의사가 내 말을 끊으며
말했죠, "이봐, 나도 늘 똑같은 꿈을 꾸고 있다네
그런데 말일세, 난 자네와 좀 달랐어

전쟁이 끝난 후에 나 혼자만 살아남는 꿈이었지
거기서 자네는 못 봤는데"

글쎄, 이제 시간이 흘러 지금은 모두가
그 꿈을 꾸고 있는 듯하네
모두들 주변에 아무도 없이
걸어다니는 자신의 모습을 보네
사람들 중 절반은 언제나 부분적으로 옳을 수 있어
사람들 중 몇몇은 때때로 완전히 옳을 수 있지
하지만 모든 사람이 언제나 완전히 옳을 수는 없어
에이브러햄 링컨이 이런 말을 했던 것 같군
"널 내 꿈속에 들어오게 해줄게, 내가 네 꿈속에 들어갈 수
있다면"
내가 한 말이군

* 포크송의 한 형식으로, 자유로운 리듬에 푸념 섞인 이야기를 늘어놓는 노래.
** 유사시에도 안정적으로 TV나 라디오 방송을 내보낼 수 있도록 하는 기술.
*** 컨솔러데이티드 에디슨. 미국 전기회사.

먼지투성이 오래된 축제 장소들

있잖아, 그건 봄이 시작될 때 플로리다에서부터 쭉 이어지지
트럭과 트레일러들이 구불구불 이어질 테지
총알처럼 재빨리 우린 축제의 여정을 떠날 거라네
우린 먼지투성이 오래된 축제 장소들이 부르는 소리를
따라가고 있다네

미시간의 진흙탕에서 위스콘신의 태양을 지나
저 미네소타 경계선을 지나, 계속 서둘러 움직여야 해
카운티의 맑은 호수와 벌목꾼들의 땅을 지나
우린 먼지투성이 오래된 축제 장소들이 부르는 소리를
따라가고 있다네

재빨리 파고를 지나 애버딘으로
오래된 블랙힐스를 지나, 계속해서 움직여
목축하는 마을들과 오래된 몬태나의 모래벌판을 지나
우린 축제 장소들이 부르는 소리를 따라가고 있다네

고속도로 위 흰 차선이 너희들 바퀴 아래로 휙휙 지나갈 때
트레일러 차창에서 난 웃으며 보았지
오, 우리의 옷은 찢어졌지만 그 색깔만은 밝았다네
먼지투성이 오래된 축제 장소들이 부르는 소리를 따라서

많은 친구들이 저 굽이를 따라서 오고 있네
저글러들, 사기꾼들, 도박꾼들

있잖아, 난 점쟁이 무리들과 시간을 보냈지
축제 장소들이 부르는 소리를 따라서

오, 선로를 따라 쿵쾅쿵쾅 걷고, 텐트를 고정시켜봐
서커스 깃발을 펄럭여보라고
있잖아, 애벌레 열차를 빙빙 돌려봐, 대관람차를 움직여봐
축제 장소들이 부르는 소리를 따라서

있잖아, 마을에 들어가자마자 곧장 축제 장소로 가세
저기 걸려 있는 포스터들 바로 뒤로
그 모든 공간을 서로 다른 얼굴로 채우세
축제 장소들이 부르는 소리를 따라서

앞에서 춤추는 여자들을 봐, 뒤에서 벌어지는 도박 쇼를 봐
낡은 뮤직박스가 쿵쿵 울리는 소리를 들어봐
아이들, 얼굴들, 웃음소리를 들어봐, 중간에 난 통로들
위아래에서
우린 축제 장소들이 부르는 소리를 따라가고 있다네

마을 축제가 끝나면 파장할 시간이지
아침이 되면 오래된 고속도로로 나서
그리고 제시간에 다음 마을로 도착하려고 너흰 무작정
달리지
축제 장소들이 부르는 소리를 따라서

외로운 밤 하모니카 우는 소리 들려올 때
우린 나아가며 레드 와인을 마시네
난 여러 굽이를 돌았고, 많은 교훈을 얻었지
축제 장소들이 부르는 소리를 따라서

그리고 이제는 세인트피터즈버그로 돌아가
트레일러를 얽어매고 야영을 시작하지
자릿값은 우리가 번 돈으로 치를 거야
먼지투성이 오래된 축제 장소들이 부르는 소리를 따라서

신이 우리와 함께하시기에

오 내 이름 그건 아무것도 아냐
내 나이 그건 그다지 중요하지 않아
내 떠나온 땅은
미드웨스트라 부르는 곳
난 그곳에서 배우며 자랐지
지켜야 할 법을
그리고 내가 사는 그 땅에
신이 함께하신다는 것을

오 역사책은 말해
너무나 훌륭하게 말해
기병들이 돌진했고
인디언들이 쓰러졌다고
기병들이 돌진했고
인디언들이 죽었다고
오 땅은 젊었지
신이 함께하시는 그 땅은

오 미국-스페인전쟁은
지나갔어
그리고 남북전쟁 역시
곧 사라졌고
영웅들의 이름도
나는 그들의 이름을 외워야 했어

그들 손에 들린 총들과 함께
그리고 신은 그들과 함께하셨지

오 제1차세계대전, 친구들이여
그 전쟁은 자신의 운명을 마무리했어
싸워야 하는 이유를
한 번도 분명히 이해한 적 없지만
나는 받아들이는 법을 배웠어
긍지를 갖고 받아들이는 법을
죽은 자의 수는 세지 않는 법
신이 우리 편일 때는

제2차세계대전이
막을 내렸을 때
우리는 독일인들을 용서했어
우린 친구가 됐지
그들이 비록 오븐에 집어넣고 튀겨
육백만 명을 죽이긴 했지만
이제 독일인들에게도
신이 함께하고 계시니까

러시아인들을 미워하라고
평생을 배워왔지
전쟁이 또 벌어진다면

그때 우리가 싸워야 할 적은 그들이지
그들을 미워하고 두려워하고
도망치고 숨고
그리고 이 모든 걸 용감하게 받아들여야 해
신이 나와 함께하시기에

하지만 이제 우리에겐
화학무기가 있지
그걸 발사하라고 명령받으면
우린 그걸 발사해야 해
버튼 누르기 한 번
그리고 전 세계에 한 방
그러고 나면 더는 물을 수 없게 되지
신이 우리와 함께하시는지

어두운 시간을 오래도록 지나오며
나는 예수그리스도가
입맞춤 한 번으로 배신당했다는 것에 대해
생각해보곤 해
하지만 당신을 대신해 내가 생각할 수는 없어
당신은 결정해야 할 거야
유다 이스가리옷에게
함께하는 신이 있었는지를

이제 떠나려는 지금
난 죽도록 지쳐 있어
난 혼란스러워
어떤 혀로도 말할 수 없어
내 머릿속을 채우고 있는 말을
난 바닥에 쓰러져
신이 우리와 함께하신다면
그분이 다음 전쟁을 멈춰주실 거야

자유의 교회종

일몰의 끝과 자정의 고장난 종소리 사이로 멀리
천둥이 울렸네, 우린 얼른 교회의 현관 안으로 몸을 숨겼지
웅장한 종소리 같은 번갯불이 번쩍! 내리칠 때
자유의 교회종이 번쩍이는 듯했어
싸움이 아닌 다른 일에 힘쓰는 전사들을 위해 번쩍이듯
무기 없이 도망가는 길 위의 난민들을 위해 번쩍이듯
또한 그 모든 밤의 패잔병들을 위해 번쩍이는 듯했지
그리고 우린 자유의 종이 번쩍이는 모습을 가만히 바라봤네

녹아내린 도시의 용광로에서, 뜻밖에도 우린 지켜봤지
벽이 우리를 죄어오는 동안 얼굴을 숨긴 채로
휘몰아치는 비 앞에서 결혼식의 종 메아리가
번개의 종소리로 서서히 변했다네
반항아를 위해 울리는 종소리, 방탕아를 위해 울리는
종소리로
불운한 자, 버려진 자와 홀로 남은 자를 위해 울리는
종소리로
위태로이 영영 불타오르는 추방자를 위해 울리는 종소리로
그리고 우린 자유의 종이 번쩍이는 모습을 가만히 바라봤네

거칠게 휘몰아치는 우박의 엄청나고도 신비로운 울림 사이로
있는 그대로의 경이 속에서 하늘의 시詩가 우르릉
울려퍼졌어
매달려 있던 교회 종소리는 저멀리 불어가 산들바람이

되었지
　오로지 번개의 종소리와 천둥의 종소리만을 남겨놓고서
　온순한 자를 위해 치는 종소리, 친절한 자를 위해 치는
종소리만을
　정신의 수호자와 보호자를 위해 치는 종소리,
　그리고 기한을 넘겨 전당포에서 물건을 찾지 못한 화가를
위해 치는 종소리만을 남겨놓고서
　그리고 우린 자유의 종이 번쩍이는 모습을 가만히 바라봤네

　거친 교회당의 저녁 사이로, 비가 이야기를 풀어놨지
　아무 지위도 없이 벌거벗고 특징 없는 형태들을 위해서
　생각을 전할 곳 없는 혀들을 위해 종이 울리고 있었지
　다들 너무나도 당연하게 여겨지는 상황에 처한 이들이라네
　눈멀고 귀먹은 자를 위해, 말 못하는 자를 위해
　학대당한 자, 짝 잃은 어머니, 잘못된 이름을 얻은 창녀를
위해 울렸고
　잘못을 일삼는 무법자, 추구하는 것에 쫓기고 속임당한 자를
위해 울리고 있었지
　그리고 우린 자유의 종이 번쩍이는 모습을 가만히 바라봤네

　비록 구름의 흰 커튼이 멀리 떨어진 한구석에서 번쩍였고
　최면을 거는 듯한 사방의 안개는 천천히 사라지고 있었지만
　여전히 화살처럼 부딪치는 전깃불은 오직 그들만을 위해
쏟아지고 있었네

떠돌도록 저주받은 이들, 혹은 떠돌 수조차 없게 된 이들을
위해서
대답 없는 구함의 길 위에서 찾아 헤매는 자들을 위해 종이
울리고 있었어
지나치게 사적인 일로 외로워하는 연인들을 위해
또한 엉뚱하게 감옥에 처넣어진 무해하고 온순한 영혼
모두를 위해 울리고 있었지
그리고 우린 자유의 종이 번쩍이는 모습을 가만히 바라봤네

우리가 비를 만났던 때를 떠올리면 그저 꿈만 같아서
웃음이 나
시간이 어떻게 흐르는지도 모른 채 멍하니 있었지 시간은
공중에 떠 멈춰 있었거든
종소리가 끝날 때까지 넋을 잃은 채 완전히 빨려들어가
우리가 그 소리를 마지막으로 들었을 때, 마지막으로
지켜봤을 때
치유될 수 없는 상처를 지닌 병자들을 위해 울리는 종소리를
혼란스럽고, 비난받고, 이용당하고, 약에 찌든 수많은
사람들과 그보다 더한 자들을 위해 울리는 종소리를,
또한 신경쇠약에 걸린 온 우주의 모든 사람들을 위해 울리는
종소리를
그리고 우린 자유의 종이 번쩍이는 모습을 가만히 바라봤네

플레이보이와 플레이걸들

오, 너희 플레이보이와 플레이걸들은
내 세상을 지배하지 못할 거야
내 세상을 지배하지 못할 거야
내 세상을 지배하지 못할 거라고
너희 플레이보이와 플레이걸들은
내 세상을 지배하지 못할 거야
지금은 물론이고 다른 어느 때도 영영

너희 방사능 낙진 대피소 장사꾼들은
내 집에 못 들어와
내 집에 못 들어와
내 집에 못 들어온다고
너희 방사능 낙진 대피소 장사꾼들은
내 집에 못 들어와
지금은 물론이고 다른 어느 때도 영영

너희들이 만든 흑인 전용 공간은
날 돌아서게 하지 못해
날 돌아서게 하지 못해
날 돌아서게 하지 못한다고
너희들이 만든 흑인 전용 공간은
날 돌아서게 하지 못해
지금은 물론이고 다른 어느 때도 영영

린치를 일삼는 폭도들의 웃음은
더이상 용납되지 않을 거야
더이상 용납되지 않을 거야
더이상 용납되지 않을 거라니까
린치를 일삼는 폭도들의 웃음은
더이상 용납되지 않을 거야
지금은 물론이고 다른 어느 때도 영영

너희 전쟁을 논하는 미친 헛바닥들은
내 길을 안내하지 못할 거야
내 길을 안내하지 못할 거야
내 길을 안내하지 못할 거라고
너희 전쟁을 논하는 미친 헛바닥들은
내 길을 안내하지 못할 거야
지금은 물론이고 다른 어느 때도 영영

너희 빨갱이 사냥꾼과 인종차별주의자들은
여기서 얼쩡대지 못할 거야
여기서 얼쩡대지 못할 거야
여기서 얼쩡대지 못할 거라니까
너희 빨갱이 사냥꾼과 인종차별주의자들은
여기서 얼쩡대지 못할 거야
지금은 물론이고 다른 어느 때도 영영

너희 플레이보이와 플레이걸들은
내 세상을 소유하지 못할 거야
내 세상을 소유하지 못할 거야
내 세상을 소유하지 못할 거라고
너희 플레이보이와 플레이걸들은
내 세상을 소유하지 못할 거야
지금은 물론이고 다른 어느 때도 영영

사랑 마이너스 제로 나누기 무한대

내 사랑 그녀는 침묵처럼 말하지
이상도 폭력도 없이
그녀는 자신이 진실하다고 굳이 말할 필요가 없지
그녀는 진실하지, 얼음처럼 불처럼
사람들은 장미를 들고 와서는
몇 시간째 약속을 하지
내 사랑 그녀는 꽃처럼 웃지
구애자들이 그녀에게 사줄 수 없을 그런 꽃처럼

싸구려 잡화점에서, 버스 정류장에서
사람들은 상황에 대해 이야기하지
책을 읽고, 인용구를 되풀이하고
벽에다 결론을 적고
어떤 이들은 미래에 대해 얘기하지
내 사랑 그녀는 부드럽게 말하지
그녀는 알고 있지, 실패 같은 성공은 없음을
그리고 실패는 전혀 성공이 아님을

망토와 단검*이 달랑거리고 있어
부인들이 초에 불을 밝히고 있어
마부의 장례식에서
장기판의 졸조차 원한을 품는 법
성냥개비로 지은 조각상들이
산산이 부서져내리고 있어

내 사랑은 윙크하지, 그녀는 신경쓰지 않지
그녀는 너무나 많은 걸 알고 있기에 논쟁하거나 판단하려
들지 않지

한밤의 다리가 흔들리고 있어
시골 의사가 걸어가고 있어
은행가의 조카딸들은 완벽을 추구하지
현인이 가져올 그 모든 선물을 기대하며
바람이 망치처럼 울부짖고 있어
밤이 차갑게 비를 뿌려대고 있어
그리고 내 사랑 그녀는 큰까마귀처럼
내 창가에 있지 다친 날개로

* '망토와 단검'은 '은밀한 술수'를 뜻하는 중의적 표현.

미스터 탬버린 맨

헤이! 미스터 탬버린 맨, 날 위해 연주해주오
난 잠도 오지 않고, 갈 곳이라고는 없다오
헤이! 미스터 탬버린 맨, 날 위해 연주해주오
짤랑짤랑 울리는 아침에 당신을 따라가려오

나는 알고 있네, 저녁의 제국이 모래로 돌아갔음을
내 손에서 흩어져 사라지는 이 모래로
아무것도 보이지 않는 이곳에 나를 세워두고 떠나갔음을,
여전히 잠은 오지 않고
피로가 나를 놀라게 하네, 난 이곳에 붙박인 듯 서 있네
만날 사람 아무도 없고
오래된 텅 빈 거리는 완전히 죽어 있어 꿈조차 꿀 수 없게
하네

헤이! 미스터 탬버린 맨, 날 위해 연주해주오
난 잠도 오지 않고, 갈 곳이라고는 없다오
헤이, 미스터 탬버린 맨, 날 위해 연주해주오
짤랑짤랑 울리는 아침에 당신을 따라가려오

당신의 휘몰아치는 마법 배의 여행에 나를 끼워주오
내 감각들은 너덜너덜해졌고, 내 손은 무엇을 쥘 때의
감각조차 잃어버렸다오
내 발은 너무 둔해져 걸음도 내딛지 못하고
부츠 뒤꿈치로 떠돌기만을 기다리고 있다오

난 어디든 갈 준비 되어 있다오, 사라질 준비 되어 있다오
나만의 행진에, 나 가는 길에 당신 춤의 주문을 걸어주오
그 주문에 나 사로잡히려오

헤이! 미스터 탬버린 맨, 날 위해 연주해주오
난 잠도 오지 않고, 갈 곳이라고는 없다오
헤이, 미스터 탬버린 맨, 날 위해 연주해주오
짤랑짤랑 울리는 아침에 당신을 따라가려오

태양을 가로질러 미친듯이 웃고, 돌고, 흔드는 그 소리
하지만 그것은 그 누구를 향한 것도 아닌, 다만 탈주인 것
하늘 외엔 그 어떤 울타리도 없는 공간으로
당신의 탬버린에 맞춰 뛰노는 운율의 얼레 소리 희미하게
들려온다면
그건 당신 뒤를 따르는 누더기 광대의 짓일 뿐이니
나는 조금도 신경쓰지 않으려네
당신이 본 것은 그가 쫓고 있는 그림자일 뿐

헤이! 미스터 탬버린 맨, 날 위해 연주해주오
난 잠도 오지 않고, 갈 곳이라고는 없다오
헤이, 미스터 탬버린 맨, 날 위해 연주해주오
짤랑짤랑 울리는 아침에 당신을 따라가려오

나 사라지도록 데려가주오, 내 마음의 둥근 연기 고리

사이로
　안개 긴 시간의 잔해를 지나, 얼어붙은 잎사귀와
　저 으스스하고 공포에 질린 나무들을 지나, 바람 부는
해변으로
　미친 슬픔의 뒤틀린 손길에서 멀리 떨어진 곳으로
　그래, 한 손은 자유로이 흔들며 다이아몬드 하늘 아래
춤추는 곳으로
　바다에 내 그림자 비치고 서커스 모래로 둥글게 둘러싸인
곳으로
　모든 기억, 운명일랑은 저 파도 아래 깊이 묻어두고
　내일이 올 때까지, 오늘에 대해서는 잊을 수 있게 해주오

　헤이! 미스터 탬버린 맨, 날 위해 연주해주오
　난 잠도 오지 않고, 갈 곳이라고는 없다오
　헤이, 미스터 탬버린 맨, 날 위해 연주해주오
　짤랑짤랑 울리는 아침에 당신을 따라가려오

에덴의 입구

전쟁과 평화에 대한 진리는 다만 뒤틀린다
그것의 통행금지령 갈매기는 그저
네 발 달린 숲 구름 위를 활강한다
카우보이 천사는 초를 밝혀 들고
태양 속으로 날아간다
그럼에도 그 빛 검은 밀랍으로 뒤덮여간다
에덴의 나무들 아래 있지 않은 모든 것이

가로등 기둥은 팔짱 끼고 서 있다
그것의 철제 갈고리가 아기들 울고 있는
구멍 밑 연석에 붙어 있다
그것이 금속 배지에 그늘 드리운다 해도
모든 것이 다만 떨어진다
와지끈 부서지는 소리 하지만 부질없는 두드림일 뿐
그 어떤 소리도 에덴의 입구에서는 들려오지 않는다

야만인 병사는 모래 속에 머리를 처박는다
그러고는 불평한다
귀머거리 된 맨발의 사냥꾼에 대해
하지만 여전히 머물러 있다
에덴의 문을 향해 가는
문양 새긴 돛 달린 배들을 보고
짖어대는 개들이 있는 그 해변에

녹슨 시간의 나침반 바늘과 함께
알라딘과 그의 램프는
유토피아의 은자 수도승과 함께 앉아 있다
황금 송아지 위에 그리고 그들의 낙원에 대한 약속 위에
얹혀 있는 여성용 곁안장
그 어떤 웃음소리도 당신은 듣지 못하리라
에덴의 입구 안쪽을 제외한 그 어디서도

소유의 관계들
그들은 기다림 속에서 속삭인다
분부에 따라 행동하고 뒤이어 올 왕들을
기다리도록 저주받은 자들에게
그리고 나는 외로운 참새가 부르는
노래에 화음을 맞추려 애쓴다
에덴의 입구 안쪽에는 어떠한 왕도 없다

오토바이 검은 마돈나
두 바퀴 달린 집시 여왕
그리고 그녀의 은단추로 장식된 유령은
잿빛 플란넬 난쟁이를 비명 지르게 한다
그가 자신의 빵 껍질 죄들을 집어올리는
사악한 맹금들 보며 흐느낄 때
그리고 에덴의 입구 안쪽에는 어떠한 죄도 없다

경험의 왕국들
귀한 바람 속에서 그들은 썩어간다
상대방이 가진 것을 원해서
극빈자들이 서로 가진 것을 바꾸는 동안
그리고 공주와 왕자는
무엇이 실제이고 무엇이 실제가 아닌지 토론한다
그것은 에덴의 입구 안쪽에서는 아무 의미도 없다

외국의 태양, 그것은 눈을 가늘게 뜨고
결코 내 것이었던 적 없는 침대를 바라본다
친구들과 다른 낯선 이들이
운명으로부터 물러나려고
인간 모두를 완전히 자유롭게 내버려두어
죽는 것 제외한, 하고자 하는 모든 것 할 수 있게 하려고
애쓰고 있을 때
그리고 에덴의 입구 안쪽에서는 어떠한 재판도 없다

새벽에 나의 연인은 내게 온다
그리고 내게 자신의 꿈들에 대해 말한다
꿈들 각각이 뜻하는 바의 도랑 속을 들여다보기 위해
삽을 대려는 그 어떤 시도도 하지 않으면서
때때로 나는 생각한다, 진실을 말하는 것은
이런 말 외에는 어디에도 없다고
그리고 에덴의 입구 바깥에는 어떠한 진실도 없다

괜찮아요, 엄마
(단지 피 흘리고 있을 뿐이니까요)

정오의 갈라진 틈으로 어둠은
은 스푼과 수공예 칼날과
아이의 풍선에조차 그늘을 드리우고
태양과 달을 모두 가린다
이해하기 위해 당신은 너무나 일찍 알아버린다
애써봐야 아무 소용 없다

뾰족한 위협들, 그들은 멸시로 엄포를 놓고
자살 발언이 바보의 황금 마우스피스로부터
찢겨져나온다 속 빈 뿔피리가
버려진 말들을 연주한다, 그리고 입증한다
태어나느라 바쁘지 않은 자는 죽느라 바쁘리라는 경고를

유혹의 페이지는 문밖으로 날아간다
당신은 뒤를 따른다, 전쟁중인 자신을 깨닫는다
울부짖는 연민의 폭포를 지켜본다
당신은 불평하고 싶어한다, 하지만 전과 다르게
깨닫는다, 자신이 또다른 한 사람일 뿐임을
울고 있는 또 한 사람

그러니 두려워 마세요, 당신의 귓가에
어떤 낯선 소리 들린다 해도
괜찮아요, 엄마, 난 그저 한숨짓고 있을 뿐이에요

몇몇은 승리를 예고하고, 몇몇은 몰락을 예고할 때
대단하거나 사소한 사적인 이유들이
모두가 죽임당하여 바닥에 기도록 만들라 요구하는
저들의 눈에 들어올 수 있다
다른 자들이 증오 그 자체 외에는
아무것도 증오하지 말라, 말하는 동안

환멸에 찬 말이 총알처럼 퍼붓는다
인간의 신들이 그들의 표적을 겨누고
불 뿜는 장난감 총으로 모두를
어둠 속에서 빛나는 뽀얀 살빛의 기독교도로 만들 때,
그리 멀리 보지 않더라도 쉽게 알 수 있다
진짜로 신성한 것은 그리 많지 않음을

전도자들이 사악한 운명에 대해 설교하는 동안
교사들은 가르친다, 지식이 시중들며
백 달러짜리 요리로 당신을 이끌어줄 것이라고
선의는 그것의 문 뒤에 숨는다고
하지만 미국의 대통령조차
가끔은 벌거벗은 채 서 있어야 할 때가 있는 법이다

그리고 길의 규칙이 존재함에도
당신이 피해야 할 것은 다만 인간들의 게임이다
그래도 괜찮아요, 엄마, 난 해낼 수 있어요

광고판들, 그들은 속인다
당신을 생각하게끔 만든다
그동안 한 번도 이뤄진 적 없는 것을 이룰 사람이
당신이라고
그동안 한 번도 쟁취된 적 없는 것을 쟁취할 자가 당신이라고
그러는 동안 바깥의 삶은 계속된다
당신 주위에서

당신은 자기 자신을 잃는다, 당신은 다시 나타난다
당신은 문득 깨닫는다, 두려워할 것은 아무것도 없음을
홀로, 근처에 그 누구도 없이, 당신이 서 있음을
떨리는, 멀리서 들려오는 목소리, 불분명한 그 소리가
당신의 잠귀를 깨워 귀기울이게 할 때
누군가가 그들이 당신을 진짜로 찾아냈다고 생각하고
있다는 것을

불안 속에서 당신에겐 어떤 질문이 떠오른다
하지만 당신은 그에 맞는 대답이 어디에도 없음을 안다
당신을 만족시켜줄, 언제까지나
마음에 새겨도 좋을, 그리고 당신이
그 또는 그녀 또는 그들 또는 그것에 속해 있지 않다는 것을
잊지 않게 해줄 대답이

비록 주인들은 현자들과
바보들을 위한 규칙을 만들지만
내겐 아무것도 없어요, 엄마, 따라야 할 그 무엇도

조금도 존중할 수 없는 권위에
복종해야 하는 그들
자신의 직업을, 자신의 운명을 경멸하는 그들
자유로이 꽃을 가꾸며 자신이 쏟은 정성에 맞게
딱 그만큼의 결실을 얻는 자들에 대한
시기 어린 말을 늘어놓는 그들에게는

원칙들 가운데 몇몇이 여장女裝한
사교클럽 사람들을 한데 묶어주는
엄격한 정당 강령으로 세례를 베풀어주는 동안
외부자들, 그들은 자유로이 비판할 수 있고
오직 그들이 숭배하는 자에 대해서만 말할 수 있고
그러고는 그에게 축복 있으라, 말할 수 있다

불타오르는 혀로 노래하는 자가
사회의 집게에 의해 구부러뜨려진
무한경쟁의 합창단 속에서 입을 헹구고
조금이라도 더 높이 올라가는 데 관심을 두기보다는
자신이 속한 구멍 속으로 당신을
끌어내리는 데만 관심을 두는 동안

그럼에도 나는 지하 납골당에 사는 그 누구에게도
해를 입히거나 그들의 잘못을 탓하려 하지 않는다
　　하지만 괜찮아요, 엄마, 내가 그를 기쁘게 해줄 수 없다고
해도

노부인 재판관들은 사람들을 짝으로 묶어 바라본다
그 짝은 성별로만 한정되어, 그들은 감히
거짓된 도덕을 밀어붙이고, 모욕하고, 노려본다
그러는 동안 돈은 이러쿵저러쿵 말함 없이
외설을 증언한다, 프로파간다를 신경쓰는 자라면
그 누구든, 모두 가짜임을

자신들이 볼 수 없는 것을 옹호하는 그들, 그러는 사이
살인자의 긍지를 지니고서, 그 방심이
마음에 가장 쓰라린 일격을 날린다
정직한 죽음이 자신에게는 자연스레 찾아오지 않을 거라고
생각하는 그들의
인생은 틀림없이 때때로 외로워진다

내 눈은 잔뜩 포식한 묘지와
가짜 신들과 정면으로 부닥친다, 나는
너무나 거칠게 연주하는 사소함에 흠집을 낸다
수갑 안에서 거꾸로 걷는다

그것을 박살내기 위해 발로 찬다
나는 말한다, 좋아, 그 정도면 충분해
나한테 보여줄 또다른 게 있나?

그리고 나의 생각-꿈들이 눈에 보일 수 있다면
그들은 아마도 내 머리를 단두대 아래 놓을 것이다
하지만 괜찮아요, 엄마, 이런 게 인생이죠, 유일한 인생

거의 여왕님 제인

네 어머니가 네게 온 초대장들을 모두 되돌려보낼 때
그리고 네 아버지가 네 여동생에게 설명하기를
네가 너 자신과 네가 만들어낸 모든 것들에 싫증이 나버린
거라고 할 때
날 보러 와주지 않겠어, 제인 여왕님?
날 보러 와주지 않겠어, 제인 여왕님?

이제 모든 꽃집 여인들이 네게 빌려줬던 걸 되돌려받길
원할 때
그리고 그들이 췄던 장미들의 향은 남아 있질 않고
네 아이들이 모두 너를 원망하기 시작할 때
날 보러 와주지 않겠어, 제인 여왕님?
날 보러 와주지 않겠어, 제인 여왕님?

이제 네가 임명한 모든 광대들이
전쟁에서 헛되이 죽어버렸고
이 모든 반복들이 지긋지긋해질 때
날 보러 와주지 않겠어, 제인 여왕님?
날 보러 와주지 않겠어, 제인 여왕님?

네 고통을 너 스스로 받아들이게 하려고
모든 고문관들이 자기네 플라스틱을 네 발치에 던져놓고는
네가 내릴 결론이 더 과감해야 한다는 걸 입증하려 들 때
날 보러 와주지 않겠어, 제인 여왕님?

날 보러 와주지 않겠어, 제인 여왕님?

이제 네가 관대히 용서했던 모든 강도들이
모두 반다나를 내려놓고 불평을 늘어놓을 때
그래서 네가 꼭 대화하지 않아도 되는 상대를 원할 때
날 보러 와주지 않겠어, 제인 여왕님?
날 보러 와주지 않겠어, 제인 여왕님?

존 웨슬리 하딩

존 웨슬리 하딩
가난한 자들의 친구
양손에 총을 들고서
이 시골 바닥을 두루 돌아다녔다네
많은 문을 열었지
하지만 정직한 사람은 단 한 번도
해치지 않았다고 해

차이니 카운티에서 있었던 일이야
언제였는지에 대해선 말들이 많아
곁에 있던 자기 여자에게
그는 자기 입장을 분명히 했어
그리고 곧 그곳의 상황은
거의 수습됐지
그는 늘 도움의 손길을 내미는 사람으로
알려져 있었으니까

사방에서 전보가 날아들며
그의 이름을 널리 알렸어
하지만 혐의를 입증할
아무런 증거가 없었지
그리고 주위에도 누구 하나 없었지
그를 쫓거나 체포할 수 있는 사람이
그는 단 한 번도

어리석은 짓을 한 적이 없었다고 해

나는야 외로운 부랑자

나는야 외로운 떠돌이 일꾼
가족도 친구도 없죠
또다른 한 사람의 삶이 시작될지도 모르는 곳
거기가 바로 제 삶이 끝장나는 곳이죠
뇌물에 손을 대봤어요
협박과 사기에도요
온갖 죄로 감옥에서 썩어봤어요
거리에서 구걸하는 것만 빼고 말이죠

음, 한때는 나도 꽤 잘나갔어요
부족한 게 하나도 없었죠
입안에 14캐럿짜리 금니를 박아넣었고
등에는 실크를 걸치고 다녔죠
하지만 전 제 형제를 믿지 못했어요
그에게 책임을 떠넘겼다가
돌이킬 수 없는 운명에 이르고 말았어요
수치심에 떠돌아다닐 운명에 말이죠

동정심 많으신 신사 숙녀 여러분,
저는 곧 죽겠죠
하지만 제가 죽기 전에
당신들 모두에게 경고나 하나 해드리죠
하찮은 질투심에서 멀찍이 떨어지세요
그 누구의 규칙도 따르지 마세요

그리고 자신의 판단은 어디까지나 스스로 내리세요
이 길에서 떠도는 꼴이 안 되려면 말이죠

나는 가난한 이민자를 동정해

난 가난한 이민자를 동정해
그냥 고향에 남았었다면, 하고 소망하는 사람
악을 저지르는 데 자신의 모든 힘을 쓰지만
결국엔 완전히 혼자 내버려지는 저 사람을
자신의 손으로 사기를 치는 저 남자
숨쉬듯이 거짓말을 하고
자신의 인생을 열렬히 증오하는 저 남자
그 또한 죽음을 두려워하네

난 가난한 이민자를 동정해
그의 힘은 헛되이 다 빠져버렸고
그의 천국은 철기병과도 같아
그가 흘리는 눈물은 빗방울 같지
그는 먹지만 배부르지는 못해
듣지만 보지는 못하지
풍요와 사랑에 빠진 그는
내게 등을 돌리지

난 가난한 이민자를 동정해
그는 진흙탕을 밟고서 나아가지
그의 입은 웃음이 가득하지
그리고 피로써 자신의 도시를 건설하지
그가 바라는 꿈은 결국
유리처럼 박살이 나고 말 거야

난 가난한 이민자를 동정해
그의 기쁨이 실현될 때 말이야

작은 만을 따라가다가

작은 만을 따라가다가 난 불현듯 내게 큰 기쁨을 주는
그녀를 보았어
작은 만을 따라가다가 난 불현듯 내게 큰 기쁨을 주는
그녀를 보았어
난 말했지, "주여 자비를 베푸소서, 자기야
넌 꼭 내게 어린 남자애가 된 기분이 들게 해"

작은 만을 따라서 수많은 사람들이 서성거리고 있어
작은 만을 따라서 수많은 사람들이 서성거리고 있어
난 말했지, "주여 자비를 베푸소서, 자기야, 네 기분이 좋으면
저들은 널 때릴 테고
네 기분이 안 좋으면 저들은 널 발로 차버릴 거야"

작은 만을 따라가다보면 난 새처럼 높이 뜬 기분이야
작은 만을 따라가다보면 난 새처럼 높이 뜬 기분이야
난 말했지, "주여 자비를 베푸소서, 자기야
어째서 넌 한마디 이상을 내뱉지 않는 거니?"

작은 만을 따라가다가 난 더 잭스 앤드 더 리버 퀸호를
보았어
작은 만을 따라가다가 난 더 잭스 앤드 더 리버 퀸호를
보았어
난 말했지, "주여 자비를 베푸소서, 자기야
저것보다 큰 배를 본 적 있어?"

작은 만을 따라가다가, 넌 가진 돈을 다 써버려도 돼
작은 만을 따라가다가, 넌 가진 돈을 다 써버려도 돼
난 말했지, "주여 자비를 베푸소서, 자기야
저들이 널 떠밀고 괴롭히는 건 정말 딱한 일이지 않니?"

작은 만을 따라가며, 난 손에 여행가방을 들고 있어
작은 만을 따라가며, 난 손에 여행가방을 들고 있어
난 말했지, "주여 자비를 베푸소서, 자기야
내가 네 남자라서 정말 기쁘지 않니?"

시골 파이

마치 올드 색소폰 조가
큰 통에 발등 찧었을 때처럼
오 이런, 아 이런
사랑하네 저 시골 파이를

바이올린 연주 들어봐
그가 동틀 때까지 켜고 있는
오 이런, 아 이런
사랑하네 저 시골 파이를

산딸기, 딸기, 레몬 그리고 라임
내가 무슨 상관이야?
블루베리, 사과, 체리, 호박 그리고 자두
저녁 먹을 때 불러줘, 자기, 달려갈게

날 태워줘 나의 크고 흰 거위 위에
날 묶어줘 그 위에 그리고 그녀를 풀어줘
오 이런, 아 이런
사랑하네 저 시골 파이를

많이는 안 바라 거짓말 아냐
경주 같은 거 안 해
내게 줘 나의 시골 파이를
누군가의 얼굴에 던지거나 그러지 않을게

날 흔들어 저 늙은 자두나무 위로 올려줘
리틀 잭 호너*는 나한텐 아무것도 아냐
오 이런, 아 이런
사랑하네 저 시골 파이를

* 〈리틀 잭 호너〉는 영미권 동요로, 주인공 소년이 파이에 손을 넣어 자두를 빼낸다는 내용을 담고 있다.

시간은 천천히 흐르지

시간은 천천히 흐르지, 이곳 산 위에서는
우리는 다리 옆에 앉고 샘가를 걸어
개울에 오가는 물고기를 잡고
시간은 천천히 흐르지, 당신이 꿈에 젖어 있을 때

한때 내겐 애인 있었지, 그녀는 멋지고 아름다웠어
우리는 그녀의 부엌에 앉아 있었지, 그녀의 엄마가 요리하는
동안
창밖으로 저 높이 떠 있는 별들을 바라보면서
시간은 천천히 흐르지, 당신이 사랑을 찾고 있을 때

차 타고 시내에 갈 이유 없지
축제장터에 나갈 이유 없지
올라갈 이유 없고, 내려갈 이유도 없어
어디에도 갈 이유 없지

시간은 천천히 흐르지, 햇빛 내리는 이곳에서는
우리는 똑바로 앞을 보고 가만히 있으려고 애쓰지
한낮에 피어나는 여름의 붉은 장미처럼
시간은 천천히 흐르고 천천히 시들어가지

세 천사

거리 위 높은 곳에 세 천사
저마다 뿔피리 불고 있는
초록색 로브 차림에 등뒤론 날개 튀어나온
그들은 크리스마스 아침부터 쭉 그곳에 있었다
몬태나 출신의 가장 사나운 고양이가 번개처럼 지나간다
이어서 밝은 오렌지색 드레스 입은 한 여자
임대 트레일러, 바퀴 없는 트럭
서쪽으로 가는 10번가 버스
개들 그리고 비둘기들 날아올라 날개 퍼덕인다
배지 단 한 남자 재빨리 지나가고
엉금엉금 일터로 돌아가는 세 친구
아무도 왜냐고 묻지 않는다
빵집 트럭이 그쪽 울타리 바깥에 멈춘다
울타리 기둥 위 높은 곳에 서 있는 천사들
운전수가 밖을 엿본다, 한 얼굴 찾으려 애쓰며
영혼들로 가득한 이 콘크리트 세상에서
천사들은 하루종일 그들의 뿔피리 연주한다
세상 사람들 모두가 차례대로 지나쳐가는 것 같다
정녕 그들이 연주하는 음악 듣는 이 아무도 없는가
시도라도 해보는 이도 없는가?

난 해방될 거야

사람들은 말하네, 모든 건 대신할 수 있다고
하지만 가까운 거리 같은 건 없지
그래서 난 기억해
나를 여기 있게 한 모든 이들의 모든 얼굴을
난 나의 빛이 비치는 것을 보네
서쪽에서 동쪽으로
머지않아, 정말 머지않아
난 해방될 거야

사람들은 말하네, 모두가 보호받아야 한다고
사람들은 말하네, 모두가 분명 몰락할 거라고
하지만 맹세코 난 거기 비친 내 모습을 보지
이 벽보다 훨씬 높은 곳에서
난 나의 빛이 비치는 것을 보네
서쪽에서 동쪽으로
머지않아, 정말 머지않아
난 해방될 거야

이 외로운 군중 속에서 내 옆에 서 있는 이는
자기에겐 잘못이 없다고 굳게 믿는 사람이지
난 하루종일 그가 큰 소리로 외치는 걸 듣네
자기가 누명을 썼다고 외쳐대는 소리를
난 나의 빛이 비치는 것을 보네
서쪽에서 동쪽으로

머지않아, 정말 머지않아
난 해방될 거야

천국의 문을 두드려요

엄마, 이 배지를 떼어주세요
더는 쓸 일이 없을 것 같아요
점점 어두워지고 있네요, 너무 어두워서 아무것도 보이지
않아요
마치 천국의 문을 두드리고 있는 기분이에요

두드려요, 두드려요, 천국의 문을 두드려요
두드려요, 두드려요, 천국의 문을 두드려요
두드려요, 두드려요, 천국의 문을 두드려요
두드려요, 두드려요, 천국의 문을 두드려요

엄마, 내 총들을 땅에 내려놓아주세요
더는 쏠 수 없을 것 같아요
저기 길고 어두운 구름이 다가오네요
마치 천국의 문을 두드리고 있는 기분이에요

두드려요, 두드려요, 천국의 문을 두드려요
두드려요, 두드려요, 천국의 문을 두드려요
두드려요, 두드려요, 천국의 문을 두드려요
두드려요, 두드려요, 천국의 문을 두드려요

영원히 젊기를

부디 신께서 당신을 축복하고 늘 지켜주시길
부디 당신이 비는 소원이 모두 이루어지길
부디 당신이 늘 남들을 도우며 살길
그리고 남들이 당신에게도 도움이 되길
부디 당신이 별까지 이르는 사다리를 세우길
그리고 차근차근 밟아 오르길
부디 당신이 영원히 젊기를
영원히 젊기를, 영원히
부디 당신이 영원히 젊기를

부디 당신이 정직하게 자라나길
부디 당신이 진실된 사람으로 자라나길
부디 당신이 늘 진리를 알게 되길
그리고 당신을 둘러싼 빛들을 보게 되길
부디 당신이 늘 용감하기를
곧게 서서 강해지기를
부디 당신이 영원히 젊기를
영원히 젊기를, 영원히
부디 당신이 영원히 젊기를

부디 당신의 손길이 늘 바쁘기를
부디 당신의 발이 늘 재빠르기를
변화의 바람이 상황을 뒤바꿀 때
부디 당신의 토대가 튼튼하기를

부디 당신의 마음이 늘 기쁨에 차 있기를
부디 당신의 노래가 늘 불리기를
부디 당신이 영원히 젊기를
영원히 젊기를, 영원히
부디 당신이 영원히 젊기를

웨딩 송

어느 때보다 더 널 사랑해, 시간보다 더, 사랑보다 더
돈보다 더 널 사랑해, 저 위의 별들보다 더
광기보다 더 널 사랑해, 바다의 파도보다 더
인생 그 자체보다 널 사랑해, 넌 내게 그토록 큰 의미야

네가 내 인생에 걸어들어온 후로, 마침내 원이 완성됐어
난 옛 기억이 떠도는 방들과 거리의 얼굴들에 작별을 고했지
해가 들지 않는 궁정 광대들의 마당에도
어느 때보다 더 널 사랑해, 그리고 난 아직 시작도 안 했어

넌 내게 숨결을 불어넣어줬어, 내 삶을 풍족하게 해줬어
내가 무척이나 가난했을 때, 내게 베푸는 법을 가르쳐줬지
내 꿈이 흘리는 눈물을 마르게 해주고, 날 구멍에서
끌어내줬어
내 목마름을 잠재워주고, 내 영혼의 불타는 욕망을
만족시켜줬어

넌 내게 아이를 낳아줬어, 하나 둘 셋, 게다가 내 인생까지
구원해줬지
눈에는 눈 이에는 이, 네 사랑은 꼭 칼로 베는 것만 같아
네 생각이 도무지 멈추질 않아, 이게 거짓이라면 죽어도 좋아
널 위해 이 세상을 다 바칠 거야, 내 감각들이 죽어가는 걸
지켜볼 거야

이 땅 위에 울려퍼질 너와 나의 선율

우린 그걸 아는 한 가장 멋지게 연주할 거야, 그 가치가
어떻든 말이야

잃어버린 건 이미 잃어버린 것, 홍수에 떠내려가버린 걸
되찾을 순 없지

하지만 내 행복은 바로 너야, 핏줄보다 더 널 사랑해

이 세상 전체를 다시 만드는 건 전혀 내 일이 아니었어

전쟁터에서 돌격나팔을 불 생각도 전혀 없지

왜냐하면 난 사랑으로도 굽힐 수 없는 그 모든 것들보다 더
널 사랑하니까

그리고 만일 영원이란 게 있다면, 또다시 널 사랑할 거야

오, 모르겠니, 넌 내 곁에 서려고 태어났다는 걸

그리고 난 너와 함께하기 위해 태어났어, 넌 내 신부가 되기
위해 태어났고

넌 내 반쪽이야, 잃어버렸던 퍼즐 한 조각이지

그리고 멈추지 않는 사랑으로, 어느 때보다 더 널 사랑해

넌 매일 나를 완전히 바꿔놔, 넌 내가 볼 수 있도록 가르쳐

그저 네 곁에 있는 게 내겐 자연스러운 일이야

그리고 난 널 절대로 보낼 수 없어, 무슨 일이 일어나도

왜냐하면 과거가 다 지나가버린 지금, 어느 때보다도 더 널
사랑하니까

폭풍우 피해 쉴 곳

그것은 또다른 생, 수고와 피의 생애에 있었던 일이야
어둠이 미덕이었던, 길은 진흙으로 가득찼던 시절의
나는 황무지에서 왔지, 형체 없는 생명체로서
"들어오세요" 그녀는 말했지, "폭풍우 피해 쉴 곳을
내드릴게요"

그리고 내가 다시 이 길을 지난다면, 자넨 내 말을 믿어도
좋아
나는 그녀를 위해 언제나 최선을 다할 거야, 맹세한다니까
냉혹한 죽음의 세상 속에서, 그리고 온기를 얻기 위해
싸우는 남자들 속에서
"들어오세요" 그녀는 말했지, "폭풍우 피해 쉴 곳을
내드릴게요"

우리 사이엔 한마디도 오가지 않았어, 무슨 위험이 있어서
그랬던 건 아냐
그 정도로 모든 게 대답되지 않은 상태로 남겨져 있었지
늘 안전하고 따뜻한 그런 장소를 상상해봐
"들어오세요" 그녀는 말했지, "폭풍우 피해 쉴 곳을
내드릴게요"

난 피로로 완전히 기진맥진한 상태였어, 우박에 뒤덮이고
덤불숲에서 독에 중독되고, 몽롱한 정신으로 산길을 걷고
악어처럼 쫓기고, 궁지에 몰려 약탈당했지

"들어오세요" 그녀는 말했지, "폭풍우 피해 쉴 곳을
내드릴게요"

   문득 내가 돌아섰을 때 그녀가 거기에 서 있었어
   양 손목엔 은팔찌를 차고, 머리엔 꽃을 꽂은 채
   그녀는 너무나 우아한 자태로 내게 걸어와 내 머리에서
가시왕관을 벗겼어
   "들어오세요" 그녀는 말했지, "폭풍우 피해 쉴 곳을
내드릴게요"

   지금 우리 사이에는 어떤 벽 같은 것이 있어, 무언가
잃어버린 것이
   너무나 당연한 것으로 여겨왔던 무언가가, 내가 전하는
신호에 혼선을 일으킨 거야
   그 모든 게 오래전에 잊은 어느 아침에 시작되었을 거라
생각할 뿐
   "들어오세요" 그녀는 말했지, "폭풍우 피해 쉴 곳을
내드릴게요"

   음, 대리인이 단단한 못들 위를 걷고 있어 그리고 전도자는
말을 타고 가고 있어
   하지만 실제로 그리 중요한 건 아무것도 없어, 중요한 건
오직 최후의 심판뿐이지
   그리고 애꾸눈의 장의사, 그는 부질없는 뿔피리를 불고 있어

"들어오세요" 그녀는 말했지, "폭풍우 피해 쉴 곳을
내드릴게요"

　나는 갓 태어난 아기들이 아침 비둘기처럼 우는 소리를
들었지
　그리고 사랑도 없이 한곳에 발이 묶인 이빨 빠진 늙은이들의
울음소리를
　이봐, 내가 자네 질문을 제대로 이해한 건가, 너무 절망적이고
비참한 얘긴가?
　"들어오세요" 그녀는 말했지, "폭풍우 피해 쉴 곳을
내드릴게요"

　언덕 꼭대기에 있는 어느 작은 마을에서 사람들은 내 옷을
걸고 도박을 했어
　난 구원을 위해 흥정했고 그들은 내게 치사량의 약을 줬지
　난 나의 순수함을 내어놓았고 그 보답으로 멸시를 받았지
　"들어오세요" 그녀는 말했지, "폭풍우 피해 쉴 곳을
내드릴게요"

　음, 나는 어느 외국의 땅에서 살고 있지만 반드시 국경선을
넘어야 해
　아름다움은 면도날 위를 걷지, 언젠가 나는 그것을 내
것으로 만들 거야
　신과 그녀가 태어나던 시절로 시계를 돌릴 수만 있다면

"들어오세요" 그녀는 말했지, "폭풍우 피해 쉴 곳을
내드릴게요"

모잠비크

모잠비크에서 시간을 좀 보내고 싶어
화창한 하늘은 연한 파란색이고
모든 커플이 서로 뺨을 맞댄 채 춤을 추는 곳
한 주나 두 주쯤 머무르기에 아주 그만이야

모잠비크에는 예쁜 아가씨들이 정말 많아
멋진 로맨스를 즐길 시간이 충분하지
그리고 모두들 멈춰 서서 말 걸고 싶어하지
어쩌면 잘될지도 모를 특별한 사람에게
아니면 그냥 힐끗 보고는 안녕, 인사를 해

바닷가에서 그녀 곁에 누워
손을 뻗어 그녀 손을 만져
당신의 비밀스러운 감정을 속삭이며
마법의 땅에서의 마법이야

그러다 모잠비크를 떠날 때가 되면
당신은 해변과 바다에 작별을 고하려고
뒤돌아서서 마지막으로 한 번 그곳을 엿보지
그러고는 알게 돼, 그게 왜 그리도 특별한지를
화창한 모잠비크 해변에서
자유롭게 살아가는 사랑스러운 사람들 사이에 있다는 게
말이야

오, 자매여

오, 자매여, 제가 당신의 품에 안기러 가면
날 이방인처럼 대해선 안 돼요
우리 신부님께선 당신이 그러는 걸 좋아하지 않으실 테고
당신은 그게 위험하다는 걸 알아야만 해요

오, 자매여, 제가 당신의 형제가 아니던가요
당신의 애정을 받을 자격이 있는 사람이 아니던가요?
사랑하며 신의 방향을 따르고자 하는
이 지상에서 우리의 목적은 같은 것이 아니던가요?

요람에서 무덤까지
우린 함께 자랐어요
우린 죽었고 다시 태어났죠
그러고는 신비롭게 구원받았어요

오, 자매여, 제가 당신의 문을 두드리러 가면
날 외면하지 말아요, 그러면 슬퍼질 거예요
시간은 바다와도 같지만 결국 해변에서 끝나버리죠
내일이면 당신은 저를 못 보게 될지도 몰라요

조이

브루클린의 레드훅에서 태어났어, 언제인지는 아무도 몰라
아코디언 선율을 듣고는 두 눈을 번쩍 떴지
그는 어느 쪽에서나 늘 그쪽 바깥에 있었어
그들이 왜 그랬어야만 했느냐고 물었을 때, "글쎄," 그는
대답했지, "그냥"

래리가 가장 나이가 많았고, 조이는 끝에서 두번째였어
그들은 조를 '미친놈'이라고 불렀고, 어린 녀석을 '망할
놈'이라고 불렀지
혹자는 그들이 도박과 불법 복권으로 살아갔다고들 해
갱인지 경찰인지 늘 구분이 안 갔어

조이, 조이
거리의 왕, 진흙으로 만든 아이
조이, 조이
무엇 때문에 그들이 와서 널 보내버린 걸까?

그들이 자기네 라이벌을 죽였다는 얘기가 나돌았어, 하지만
진실과는 거리가 멀었지
그들이 정말 어디 있었는지는 누구도 정확히 알 수 없었어
그들이 래리를 목 졸라 죽이려 했을 때, 조이는 길길이
날뛰다시피 했지
그날 밤 복수를 하러 갔어, 자기가 무적인 줄 알고서 말이야

동틀 무렵 전쟁이 일어났어, 거리는 텅 비어버렸지
조이와 형제들은 끔찍한 패배들을 맛봤어
위험을 무릅쓰고 선을 넘어 결국 포로 다섯을 붙잡기까지
그들은 포로들을 아마추어라 부르고는 지하실에 가뒀지

인질들은 떨고 있었어, 그때 한 사람이 소리쳤지
"여길 날려버리고 천국으로 가자, 컨 에디슨에 책임을
돌리자고"
하지만 조이가 나서서는 손을 들고 말했지, "우린 그런
사람들이 아니야
우리가 다시 힘써야 하는 건 평온을 되찾는 일이라고"

조이, 조이
거리의 왕, 진흙으로 만든 아이
조이, 조이
무엇 때문에 그들이 와서 널 보내버린 걸까?

경찰서는 그를 못살게 굴었어, 그를 미스터 스미스라 불렀지
그들은 그를 공모죄로 잡아들였어, 누구와 한 건지 확실히
알지도 못하면서
"지금 몇시지?" 조이를 만났을 때 판사가 말했어
"열시 오분 전,"* 조이가 말했어. 판사는 말했지 "그게 딱
네가 감방에서 썩을 시간이야"

그는 아티카 주립 교도소에서 니체와 빌헬름 라이히를
읽으며 십 년을 썩었어
　그들은 파업을 멈추게 하려고 한번은 그를 독방에 처넣었지
　그의 가장 친한 친구들은 흑인이었어, 그들은 이해하는 것
같았으니까
　사람들 앞에서 손에 쇠고랑을 차고 사는 게 어떤 기분인지를

　그들이 71년에 그를 풀어줬을 때, 그는 몸무게가 좀 줄어
있었어
　하지만 지미 캐그니**처럼 옷을 입었고 분명 멋져 보였지
　그는 예전의 삶으로 돌아갈 방법을 찾으려 했어
　그는 보스에게 말했지, "제가 돌아왔어요, 그리고 이젠 제
몫을 원해요"

　조이, 조이
　거리의 왕, 진흙으로 만든 아이
　조이, 조이
　무엇 때문에 그들이 와서 널 보내버린 걸까?

　그가 말년에 권총을 가지고 다니지 않은 건 사실이었어
　"내 주변엔 아이들이 너무 많아," 그는 말했지, "아이들이
그런 걸 하나도 알아선 안 돼"
　하지만 그는 자신의 평생 숙적인 클럽 회관으로 걸어들어가
　카운터를 털어버리고는 말했어, "미친놈 조가 그랬다고 말해"

어느 날 그들은 뉴욕 어느 사교클럽에서 그를 보내버렸어
포크를 집어들었을 때, 그는 문틈을 보고는 그 일이 일어날
거라는 걸 알았지
그는 자신의 가족을 지키려고 테이블을 쓰러뜨렸어
그러고는 비틀거리며 리틀 이탈리아 거리로 갔지

조이, 조이
거리의 왕, 진흙으로 만든 아이
조이, 조이
무엇 때문에 그들이 와서 널 보내버린 걸까?

재클린 수녀와 카멜라 수녀, 그리고 성모 마리아 모두
눈물을 흘렸어
난 그와 절친했던 프랭키가 하는 말을 들었지, "그는 죽지
않았어, 잠들었을 뿐"
그리고 노인이 탄 리무진이 무덤으로 돌아오는 걸 봤어
아마도 자신이 구할 수 없었던 아들에게 마지막으로
작별인사를 했어야만 했나봐

프레지던트가街에 뜬 태양은 차갑게 식어버렸고 브루클린은
그의 죽음을 애도했지
조이가 태어났던 집 근처의 오래된 성당에서 미사를 드렸어
만일 하늘나라에 계신 신께서 이 세상을 내려다보고

계신다면, 언젠가
　조이를 쏘아 죽인 놈들은 분명 대가를 치르고야 말 거야

　조이, 조이
　거리의 왕, 진흙으로 만든 아이
　조이, 조이
　무엇 때문에 그들이 와서 널 보내버린 걸까?

* '오 년에서 십 년'(five to ten)에 대한 비유로 볼 수도 있다.
** 미국 배우(1899~1986).

두랑고에서의 로맨스

맹렬한 태양 속 매운 고추들
내 얼굴과 망토에 쌓인 먼지
나와 마그달레나는 도망치고 있다네
이번엔 탈출에 성공할 수 있을 것만 같아

빵집 주인 아들에게 기타를 팔았지
빵 부스러기 조금하고 은신처를 얻으려고
하지만 기타는 또 구할 수 있어
그리고 난 마그달레나와 함께 달리며 그녀를 위해 기타를
연주할 거야

울지 마, 내 사랑
신께서 우리를 보살펴주셔
이 말이 곧 우리를 두랑고로 데려다줄 거야
나를 붙잡아, 나의 삶이여
사막은 곧 사라질 거야
너는 곧 판당고 춤을 추게 될 거야

아즈텍 유적지와 선조들의 유령을 지나
돌에다 매단 캐스터네츠처럼 말발굽 소리를 내
밤이면 난 마을 뾰족탑의 종소릴 듣는 꿈을 꿔
그러고선 라몬의 피투성이 얼굴을 보지

술집에서 그를 쓰러뜨린 게 나였던가

그 총을 쥔 게 내 손이었던가?
어서 도망쳐버리자, 나의 마그달레나
개들이 짖고 있어, 이미 일어나버린 일은 일어나버린 일

울지 마, 내 사랑
신께서 우리를 보살펴주셔
이 말이 곧 우리를 두랑고로 데려다줄 거야
나를 붙잡아, 나의 삶이여
사막은 곧 사라질 거야
너는 곧 판당고 춤을 추게 될 거야

우린 투우장 그늘에 앉아 있을 거야
그리고 젊은 투우사가 승리하는 모습을 볼 거야
우린 테킬라를 마시겠지, 우리 할아버지들이
비야 장군과 함께 토레온으로 쳐들어갔을 때 머물렀던
곳에서

그리고 신부님은 오래된 기도문을 외우실 거야
마을 이쪽편 작은 성당에서
나는 새 부츠를 신고 금으로 된 귀걸이를 달겠지
너는 웨딩드레스에 박힌 다이아몬드로 빛날 거야

길은 멀지만 끝이 머지않았어
벌써 피에스타가 시작됐다네

신께서 얼굴을 드러내실 거야
흑요석 같은 뱀의 눈 번득이며

울지 마, 내 사랑
신께서 우리를 보살펴주셔
이 말이 곧 우리를 두랑고로 데려다줄 거야
나를 붙잡아, 나의 삶이여
사막은 곧 사라질 거야
너는 곧 판당고 춤을 추게 될 거야

내가 들은 게 천둥소리 맞나?
머리통이 진동해, 찌르듯 아파
와서 내 옆에 앉아, 한마디도 하지 말고
오, 내가 죽게 될 수도 있는 거야?

어서, 마그달레나, 내 총을 들어
언덕 위를 봐, 저 번쩍이는 불빛을
잘 조준해, 내 사랑
우리 오늘밤을 못 넘길 수도 있어

울지 마, 내 사랑
신께서 우리를 보살펴주셔
이 말이 곧 우리를 두랑고로 데려다줄 거야
나를 붙잡아, 나의 삶이여

사막은 곧 사라질 거야
너는 곧 판당고 춤을 추게 될 거야

블랙 다이아몬드 만

새하얀 베란다에서
그녀는 넥타이를 매고 파나마 모자를 쓰고 있네
여권 속 얼굴 사진은
과거 다른 곳에서 찍은 거야
지금과는 전혀 다른 모습이지
그리고 비교적 최근에 남아 있던 것들은 모두
거친 바람 속에 흩어져버렸어
그녀는 대리석 바닥을 걸어 지나가
도박장에서 들려오는 목소리가 그녀에게 어서 들어오라
하네
그녀는 웃지, 그러고선 반대편으로 걸어가
마지막 배가 항해를 시작하고 달이 사라져갈 때
블랙 다이아몬드 만에서

아침에 동이 트기 시작할 때, 그리스인이 내려와
밧줄과 뭔가 쓸 수 있는 펜을 달라고 하네
"므시외, 뭐라고 하셨나요." 호텔 안내원이 말했지
조심스레 페즈 모자를 벗으며
"제가 제대로 들은 게 맞나요?"
그리고 누런 안개가 걷힐 때
그리스인은 재빨리 2층으로 향해
나선 계단에서 그를 마주친 그녀는
소비에트 대사라고 생각하고는
말을 걸어봤지만 그는 그냥 가버렸어

먹구름이 일어 야자나무 가지를 흔들 때
블랙 다이아몬드 만에서

한 군인이 천장에 달린 팬 아래 앉아
반지를 팔려는 조그마한 남자와 흥정을 하고 있네
번개가 치자 전기가 나갔지
호텔 안내원이 잠에서 깨어 소리치기 시작했어
"뭐가 보이긴 하세요?"
그러자 그리스인이 2층에 나타났지
맨발로 목에 밧줄을 두른 채
도박에서 진 사람은 촛불을 켜들고는 말하네
"한 판 더 열어줘요"
하지만 딜러는 말하지, "잠시만 기다려주시기 바랍니다"
비가 퍼붓고 두루미들이 날아갈 때
블랙 다이아몬드 만에서

호텔 안내원은 그 여자가 웃는 소릴 들었지
자신은 소동이 지나간 자리를 둘러봤고 군인은 경직된 그때
그는 여자의 손을 잡으려 하며
말했지, "자, 반지를 줄게, 천 달러짜리라고"
그녀가 말했어, "그걸로는 안 돼요"
그런 다음 짐을 싸러 위층으로 달려갔어
말이 끄는 택시가 길가에서 대기하는 동안에
그리스인이 잠근 문 앞을 지나가다 그녀는

"방해하지 마시오"라고 손으로 쓴 걸 봤지
그러거나 말거나 문을 두들겼어
해가 지고 음악이 흘러나올 때
블랙 다이아몬드 만에서

"당장 이야기할 사람이 필요해요!"
하지만 그리스인은 말했지, "돌아가세요," 그리고 바닥으로
의자를 차버렸어
샹들리에에 대롱대롱 매달렸지
그녀는 소리쳤어, "도와주세요, 곧 일이 터진다고요
제발 문 좀 열어줘요!"
그러고는 화산이 폭발했다네
산 저 높은 데서부터 용암이 흘러내렸지
군인과 조그마한 남자는 구석에서 웅크렸어
금지된 사랑을 생각하며
하지만 호텔 안내원은 말했지, "매일 일어나는 일이에요"
별들이 떨어지고 들판이 불타오를 때
블랙 다이아몬드 만에서

섬이 서서히 가라앉을 때
아까 그 패자는 마침내 도박장에서 파산해버렸네
딜러는 말했지, "이미 너무 늦었어요
돈은 가져가셔도 좋지만, 방법을 모르겠군요
무덤에서 쓰시면 되겠어요"

그 조그마한 남자는 군인의 귀를 물었지
호텔 바닥이 무너지고 지하실 보일러가 폭발했을 때
그동안 그녀는 발코니에 나와 있었어, 거기서 한 낯선 이가
말했지
"내 사랑, 당신을 정말 좋아해요"
그녀는 눈물을 흘리고는 기도하기 시작했다네
불길이 일고 연기가 흩어질 때
블랙 다이아몬드 만에서

어느 밤, 난 L.A.의 집에 혼자 앉아
일곱시 뉴스에 나오는 늙은 크롱카이트*를 보고 있었지
지진이 일어났다고 하는데
남은 게 없는 듯하더군 파나마 모자 하나와
오래된 그리스 신발 한 켤레 말고는
별일은 아닌 듯했어
그래서 난 TV를 끄고 맥주나 한 캔 더 가지러 갔지
한 번 뒤돌아설 때마다
불행한 이야기가 들려오는 것 같아
그리고 누구도 딱히 해줄 말은 없지
어쨌거나 난 한 번도 가볼 생각은 안 했어
블랙 다이아몬드 만에 말이야

* 미국 언론인(1916~2009).

메기*

나른한 스타디움의 밤
마운드 위에는 메기가 올라와 있어
"삼진 아웃," 심판이 말했지
타자는 자리로 돌아가 앉아야만 해

메기, 백만장자 사나이
누구도 메기처럼 공을 던질 순 없어

미스터 핀리의 농장에서 일했었지
그런데 노인네가 돈을 주질 않았어
그래서 그는 글러브를 싸고 자기 팔도 챙겼지
그리고 어느 날 도망쳐버렸어

메기, 백만장자 사나이
누구도 메기처럼 공을 던질 순 없어

양키스가 있는 곳으로 가
세로줄무늬 유니폼을 입어
주문 제작한 시가를 피워
악어 부츠를 신어

메기, 백만장자 사나이
누구도 메기처럼 공을 던질 순 없어

캐롤라이나에서 나고 자랐지
작은 메추라기 사냥을 좋아해
백 에이커의 땅을 가지고 있었어
팔려고 내놓은 사냥개들이 몇 마리 있지

메기, 백만장자 사나이
누구도 메기처럼 공을 던질 순 없어

레지 잭슨이 타석에 섰어
변화구 말고는 안 보이지
너무 빨리, 혹은 너무 늦게 휘둘러
메기가 주는 대로 받아먹어야만 해

메기, 백만장자 사나이
누구도 메기처럼 공을 던질 순 없어

심지어 빌리 마틴도 활짝 웃지
경기장에 생선이 나타나면
매 시즌 20승
명예의 전당에 오르게 될 거야

메기, 백만장자 사나이
누구도 메기처럼 공을 던질 순 없어

* 미국 야구선수 캣피시 헌터(1946~1999).

수호자의 교체

16년*
16개의 깃발이 들판 위로 집결했다
그곳에서 선한 목자는 비통해한다
나뉘어 있는, 절망에 사로잡힌 남자들과 여자들
떨어지는 나뭇잎들 아래로, 그들의 펼쳐진 날개

운명이 부른다
나는 그림자들을 벗어나 앞으로 걸어간다, 시장으로
힘을 갈망하는, 상인들 그리고 도둑들, 내 최후의 거래는
무산된다
그녀는 자신이 태어난 목초지처럼 달콤한 냄새를 풍긴다
한여름 저녁, 탑 근처에서

차가운 피의 달
대위는 의식儀式이 벌어지는 곳 위에서 기다리고 있다
자신의 생각들을 사랑하는 아가씨에게
소통 너머에 있는, 흑단처럼 새까만 얼굴의 그녀에게
보내면서
대위는 우울해하지만 여전히 그의 사랑이 보답받을 거라
믿고 있다

그들은 그녀의 머리카락을 밀었다
그녀는 유피테르와 아폴론 사이에서 고통받았다
전령이 검은 나이팅게일과 함께 도착했다

나는 그녀가 계단 위에 있는 것을 보았고 그녀의 뒤를 따를
수밖에 없었다
　그녀를 따라 분수대를 지났다, 그곳에서 그들이 그녀의
베일을 들어올렸다

　나는 비틀거리며 일어섰다
　만취한 채 말을 달려 폐허를 지났다
　심장 모양 문신 아래 아직 덜 꿰맨 상처를 지닌 채
　배교도 사제들과 거짓된 젊은 마녀들이
　내가 당신에게 주었던 그 꽃들을 나누어주고 있었다

　거울들의 궁전
　고참병들의 모습이 거기에 비친다
　끝없이 이어지는 길과 종들의 울부짖음
　그녀의 기억들이 보존되어 있는 빈방들
　거기서 천사들의 목소리가 이전 시대의 영혼들에게
속삭인다

　그녀가 그를 깨운다
　48시간 뒤, 태양이 부서지고 있다
　부서진 사슬들, 칼미아**와 구르는 바위들 근처에서
　그녀는 그가 이제 어떤 조치를 취하려는지 알려주길
간청한다
　그는 그녀의 몸을 아래로 끌어내리고 그녀는 그의 긴 황금

자물쇠를 움켜잡는다

　여러분, 그가 말했다
　난 그대들의 조직이 필요 없소, 난 그대들의 신발을
닦아주었고
　그대들의 산을 옮겼고 그대들의 카드에 표시를 해주었소
　하지만 에덴이 불타고 있소 그러니 제거의 위험에
대비하시오
　아니면 용기를 내어 그대들의 수호자를 교체해야 하오

　평화는 올 것이다
　정적과 광휘와 더불어, 불의 바퀴들 위로
　그러나 우리에겐 어떠한 보상도 없을 것이다, 그녀의 거짓
우상들이 무너질 때
　그리고 잔인한 죽음은 퇴각하는 창백한 죽음의 유령과 함께
항복한다
　검의 왕과 검의 여왕 사이에서

＊이 작품이 수록된 1978년 앨범이 1962년 1집《밥 딜런》이후 16년 만의 행보였음에 주
목해 이를 밥 딜런의 자전적 이야기로 보는 시각도 있다.
＊＊월계수 꽃.

생각할 겨를이 없다

　죽음 속에서, 당신은 아이도 하나 아내도 하나인 인생을
마주한다
　아이와 아내는 몽유병자의 걸음으로 당신의 꿈들을
통과하여 벽 속으로 걸어간다
　당신은 자비의 병사, 당신은 냉담하고 당신은 저주한다
　"신뢰할 수 없는 자는 죽어야 한다"

　외로움, 다정함, 상류사회, 악명
　당신은 왕좌를 위해 싸우고 홀로 여행한다
　아무도 모르게, 당신이 천천히 가라앉을 때
　그리고 생각할 겨를이 없다

　연방도시*에서 당신은 나가떨어졌고 남들에게 동정받았다
　비밀리에, 거액을 미끼로
　여황제가 당신의 마음을 끌고 압제는 흐트러뜨린다
　그리고 그것은 폭력적이고 낯선 기분을 느끼게 한다

　기억, 황홀, 폭압, 위선
　어느 시원한 지복의 밤에 있었던 입맞춤 한 번으로 그것은
드러난다
　잃어버린 고리의 골짜기에서
　그리고 당신은 생각할 겨를이 없다

　재판관들은 당신을 쫓을 것이다, 시골 여사제가 당신을 원할

것이다
  그녀의 최악은 최고보다 좋다
  나는 이 모든 미끼들을 깊은 터키석색 두 눈으로 보아왔다
  그로 인해 나는 몹시 우울해진다

  중국 인형, 알코올, 이원성二元性, 필멸
  수성은 당신을 지배하고 운명은 당신을 속인다
  역병처럼, 위험한 한 번의 윙크로
  그리고 생각할 겨를이 없다

  당신의 양심은 당신을 배반했다, 어느 독재자가 당신을 불러
세웠을 때
  사자가 양과 함께 누워 있는 그곳에서
  나는 그 배반자에게 복수했고 한참 뒤에 그를 죽였다
  하지만 그런 게 바로 나의 방식이다

  낙원, 희생, 필멸, 현실
  하지만 마법사는 더 재빠르고 그의 계략은
  피보다 훨씬 걸쭉하고 잉크보다 검다
  그리고 생각할 겨를이 없다

  분노와 질투는 그가 우리에게 파는 모든 것
  그는 만족한다, 당신이 그의 충실한 노리개로 있을 때
  광인들은 그에게 대항한다, 반면 당신은 다정함으로 그를

현혹한다
　살아남기 위해 당신은 귀머거리인 척 벙어리인 척 연기한다

　평등, 자유, 겸손, 소박함
　당신은 흘낏 거울을 본다, 그리고 거기엔 당신의 뒤통수를
　투명하게 응시하는 눈들이 있다, 당신이 마시고 있을 때
　그리고 생각할 겨를이 없다

　슬픔의 장군들과 내일의 여왕들은
　기원의 제물로 그들의 머리를 바친다
　당신은 그 어떤 구원도 찾을 수 없다, 어떠한 기대도 가질 수
없다
　언제든, 어느 곳에서든, 어디에서든

　수성, 중력, 고귀함, 겸손
　당신은 그녀를 차지할 수 없음을 안다 그리고 물은 점점
깊어져
　당신을 죽음 직전으로 몰아가고 있다
　하지만 생각할 겨를이 없다

　당신은 당신의 자부심을 살해했고 분별력을 땅에 묻었다
　쾌락을 위해, 당신은 저항해야 한다
　연인들은 당신에게 순종하지만 당신을 흔들지 못한다
　그들은 당신이 존재한다는 것조차 확신하지 못한다

사회주의, 최면술, 애국심, 물질주의
턱을 부수기 위한 법률을 만드는 바보들
그리고 열쇠들이 부딪치며 내는 쨀랑 소리
하지만 생각할 겨를이 없다

당신이 건너고 있는 다리는 머리에 장미를 꽂은
바빌론 소녀가 있는 곳으로 이어진다
동방의 별빛 그리고 마침내 당신은 풀려난다
다른 이와 나눌 무엇 하나 없는 빈털터리로

충성심, 통일성, 본보기, 엄격함
당신은 마지막으로 한번 더 카미유를 보기 위해 뒤돌아선다
핏빛의 분홍으로 빛나는 달 아래서
그리고 생각할 겨를이 없다

총알들은 당신을 해칠 수 있고 죽음은 당신을 무장해제할
수 있다
하지만 그래도, 당신은 속지 않을 것이다
모든 미덕 빼앗긴 채 흙바닥을 길 때
당신은 줄 수 있으나 받을 수는 없다

선택할 겨를이 없다, 진리가 죽어야 할 때
우물쭈물할 겨를도 작별인사할 겨를도 없다

거기에 있는 희생물을 위해 준비할 겨를도
괴로워하고 있을 겨를도 눈 깜박일 겨를도 없다
그리고 생각할 겨를이 없다

* 미국 워싱턴 D. C.의 별칭.

누군가를 섬겨야만 해

당신은 영국이나 프랑스로 파견된 대사일 수 있어
도박을 좋아하거나, 춤추는 걸 좋아할 수도 있겠지
당신은 세계 헤비급 챔피언일 수도 있어
보석을 주렁주렁 단 사교계 인사일 수도 있고

하지만 당신은 누군가를 섬겨야만 할 거야, 그래 정말로
누군가를 섬겨야만 할 거야
글쎄, 그건 악마가 될 수도 주님이 될 수도 있겠지
어쨌거나 당신은 누군가를 섬겨야만 할 거야

당신은 무대 위를 뛰어다니는 로큰롤 중독자일 수 있어
마약을 손에 거머쥐고, 여자들을 우리 안에 가둬놓은
사람일 수도 있어
당신은 사업가이거나, 아니면 지체 높으신 도둑놈일 수도
있어
사람들은 아마 당신을 의사 선생님, 혹은 회장님, 하고
불러대겠지

하지만 당신은 누군가를 섬겨야만 할 거야, 그래 정말로
누군가를 섬겨야만 할 거야
글쎄, 그건 악마가 될 수도 주님이 될 수도 있겠지
어쨌거나 당신은 누군가를 섬겨야만 할 거야

당신은 주州 경찰관일 수 있고 급진개혁파 젊은이일 수 있어

어느 TV 방송국의 우두머리일 수도 있지
당신은 부자거나 가난뱅이일 수도 맹인이거나 앉은뱅이일
수도 있어
다른 이름으로 다른 나라에서 살 수도 있지

하지만 당신은 누군가를 섬겨야만 할 거야, 그래 정말로
누군가를 섬겨야만 할 거야
글쎄, 그건 악마가 될 수도 주님이 될 수도 있겠지
어쨌거나 당신은 누군가를 섬겨야만 할 거야

당신은 집을 짓는 공사장 인부일 수 있고
대저택에 살거나 돔 아래서 살 수도 있지
당신은 총을 가지고 있을 수도 심지어 탱크를 가지고 있을
수도 있어
누군가의 집주인일 수도 있고, 심지어 은행을 가지고 있을
수도 있지

하지만 당신은 누군가를 섬겨야만 할 거야, 그래 정말로
누군가를 섬겨야만 할 거야
글쎄, 그건 악마가 될 수도 주님이 될 수도 있겠지
어쨌거나 당신은 누군가를 섬겨야만 할 거야

당신은 영적으로 자부심이 있는 전도사일 수 있고
남몰래 뇌물을 받는 시의회 의원님일 수도 있어

당신은 이발소에서 일하는 사람이라 머리 자르는 법을 알
수도 있고
누군가의 애인이거나 누군가의 상속인일 수도 있어

하지만 당신은 누군가를 섬겨야만 할 거야, 그래 정말로
누군가를 섬겨야만 할 거야
글쎄, 그건 악마가 될 수도 주님이 될 수도 있겠지
어쨌거나 당신은 누군가를 섬겨야만 할 거야

면 옷을 좋아할 수도 실크 옷을 좋아할 수도 있어
위스키 마시는 걸 좋아할 수도 우유 마시는 걸 좋아할 수도
있어
캐비어 먹는 걸 좋아할 수도 빵 먹는 걸 좋아할 수도 있어
바닥에서 잘 수도 킹사이즈 침대에서 잘 수도 있어

하지만 당신은 누군가를 섬겨야만 할 거야, 그래 정말로
누군가를 섬겨야만 할 거야
글쎄, 그건 악마가 될 수도 주님이 될 수도 있겠지
어쨌거나 당신은 누군가를 섬겨야만 할 거야

당신은 날 테리라고 부를 수도 티미라고 부를 수도 있어
바비라고 부를 수도 지미라고 부를 수도
R. J.라고 부를 수도 레이라고 부를 수도 있지
날 뭐라 불러도 상관없어, 하지만 날 뭐라고 부르든지

당신은 누군가를 섬겨야만 할 거야, 그래 정말로
누군가를 섬겨야만 할 거야
글쎄, 그건 악마가 될 수도 주님이 될 수도 있겠지
어쨌거나 당신은 누군가를 섬겨야만 할 거야

너희는 변할 거야

너흰 분노를 품고 있어
있잖아, 세상엔 신나는 일이 별로 없지
만족을 바라겠지만
너희에겐 채워질 수 없는 공허가 있어
너희는 증오를 만끽했어
너희의 뼈가 부러지고 있지, 그 어떤 성스러운 것도 찾을
수가 없지

너흰 변할 거야, 너흰 변할 거야
눈 깜짝할 사이에, 마지막 나팔 소리가 울려퍼질 때
죽은 자가 벌떡 일어나 육신을 얻을 거야
그리고 너흰 변할 거야

너희가 얻은 모든 것들은
땀과 피와 근육으로 얻은 것들이지
아침 일찍부터 어두워지고도 한참이 지날 때까지
너흰 그저 야단법석이나 떨어델 뿐이야
너희가 사랑하는 이들 모두 문밖으로 떠나갔지
더는 부인과 아이들도 믿을 수 없지, 하지만

너흰 변할 거야, 너흰 변할 거야
눈 깜짝할 사이에, 마지막 나팔 소리가 울려퍼질 때
죽은 자가 벌떡 일어나 육신을 얻을 거야
그리고 너흰 변할 거야

과거는 너희를 지배하지 못해
하지만 미래는 돌아가는 룰렛 휠과도 같지
마음속 깊은 곳에서
너희는 완전히 새로운 시작이 필요하다는 걸 알잖아
러시아나 이란으로 갈 필요는 없어
그저 신께 모든 걸 맡겨, 그럼 지금 서 있는 바로
이곳에서부터 너희를 움직여주실 거야, 그리고

너흰 변할 거야, 너흰 변할 거야
눈 깜짝할 사이에, 마지막 나팔 소리가 울려퍼질 때
죽은 자가 벌떡 일어나 육신을 얻을 거야
그리고 너흰 변할 거야

너흰 쓴 물을 마시지
그리고 슬픔의 빵을 먹어왔어
오늘만을 위해 살 수 없지
너희가 오직 내일만을 생각하고 있을 땐 말이야
너희가 견뎌온 길은 험난했어, 이제
할 만큼 했다는 확신이 들 때, 바로 그때

너흰 변할 거야, 너흰 변할 거야
눈 깜짝할 사이에, 마지막 나팔 소리가 울려퍼질 때
죽은 자가 벌떡 일어나 육신을 얻을 거야

그리고 너흰 변할 거야

샷 오브 러브

난 사랑이 한 잔 필요해, 사랑의 주사가 한 대 필요해

병을 없애려고 헤로인을 맞을 필요는 없어
테레빈유를 마실 필요도 없지, 날 무너뜨릴 뿐이야
회개하려고 코데인을 맞을 필요는 없어
우두머리 기분을 내려고 위스키를 마실 필요도 없지

난 사랑이 한 잔 필요해, 사랑의 주사가 한 대 필요해

의사 양반, 내 말 들리시나? 난 의료보험이 필요하다고
난 이 세상 왕국들을 여럿 봤지, 그것들은 날 두렵게 해
내 병이 고통스럽진 않아, 어디 뭐 죽기밖에 더하겠어
그놈들이 예수님 목에 현상금을 걸었을 때 그분을 따랐던
자들처럼 말이야

난 사랑이 한 잔 필요해, 사랑의 주사가 한 대 필요해

너와 함께 시간을 보낼 때 알리바이는 필요치 않아
난 그 모든 루머들을 잘 알지, 너도 잘 알고 있고
내게 영화를 보여주지 마, 읽을 책도 주지 마
그건 내면의 상처도, 상처로 생긴 습관도 만족시켜주지 않을
거야

난 사랑이 한 잔 필요해, 사랑의 주사가 한 대 필요해

왜 내가 당신의 목숨을 뺏고 싶어하겠어?

당신은 내 아버지를 죽이고, 내 아버지의 부인을 강간했을 뿐인데

독이 든 펜으로 내 아기들에게 문신을 했을 뿐인데

나의 신을 조롱하고 내 친구들에게 굴욕을 줬을 뿐인데

난 사랑이 한 잔 필요해, 사랑의 주사가 한 대 필요해

오늘밤엔 그 누구와도 같이 있고 싶지 않아

베로니카는 어디 있는지 모르겠고, 마비스는 어울리지 않는다고

날 싫어하는 녀석이 하나 있긴 하지, 재빠르고 침착한데다 나와 가까워

그저 멀찍이 물러서서 그가 여기 올 때까지 기다려야 하는 거야?

난 사랑이 한 잔 필요해, 사랑의 주사가 한 대 필요해

오늘 같은 밤, 바람은 왜 부는 걸까?

길을 건너고 싶은 기분조차 들지 않네, 그리고 내 차는 도무지 말을 듣지 않네

집에 전화를 걸었지, 다들 이사 가버린 모양이야

오늘 난 양심의 가책이 들기 시작하네

난 사랑이 한 잔 필요해, 사랑의 주사가 한 대 필요해

난 사랑이 한 잔 필요해, 사랑의 주사가 한 대 필요해
혹시 네가 의사라면, 내게 사랑의 주사 한 대만 놓아줘

싱거운 사랑

순수한 사랑은 모든 걸 기대해
모든 걸 믿지, 뒤에서 몰래 조종하지 않아
네 방에 몰래 숨어들려 하지 않을 거야, 키 크고
가무잡잡하고 잘생긴 남자애처럼
네 마음을 사로잡아 그걸로 몸값을 요구하지 않을 거야

넌 순수한 사랑을 원하지 않아
넌 사랑을 물에 빠뜨리고 싶어해
넌 싱거운 사랑을 원해

순수한 사랑, 그건 거짓을 내세우지 않아
널 비난하는 대신 널 위해 선처를 호소하지
널 속이거나 널 일탈로 이끌지 않을 거야
거짓 자백을 써서 네가 거기 서명하게 하진 않을 거야

넌 순수한 사랑을 원하지 않아
넌 사랑을 물에 빠뜨리고 싶어해
넌 싱거운 사랑을 원해

순수한 사랑은 널 타락으로 이끌지 않을 거야
널 방해하지도, 네 하루를 망쳐놓지도 않을 거야
널 빗나가게 하거나, 멍청한 바람들로 널 더럽히지도 않을
거야
그건 널 시샘하게 하지 않아, 의심에 빠지게 하지 않아

넌 순수한 사랑을 원하지 않아
넌 사랑을 물에 빠뜨리고 싶어해
넌 싱거운 사랑을 원해

순수한 사랑은 우연이 아니야
언제나 시간을 지키고, 언제나 만족스럽지
영원한 불꽃으로 고요히 타올라
절대 자만하지 않고, 쉼 없이 갈망하지

넌 순수한 사랑을 원하지 않아
넌 사랑을 물에 빠뜨리고 싶어해
넌 싱거운 사랑을 원해

죽은 자여, 죽은 자여

타락한 마음으로 헛된 소리를 지껄여대다
이상한 약속에 얽매여선 열매 한 번 못 맺어보고 죽지
선과 악을 전혀 구별할 줄 모르다니
우우, 난 참을 수가 없어, 정말이지 참을 수가 없어
날 너무나도 슬프게 해

죽은 자여, 죽은 자여
넌 언제쯤 일어날 거니?
네 마음엔 거미줄이
네 눈엔 먼지가

사탄이 네 발뒤꿈치를 붙잡고 있어, 네 머리에 둥지를 틀고
있어
너한테 믿음이란 게 있기나 하니? 함께 나눌 사랑이
조금이라도 있니?
꼿꼿이 고개를 쳐들고서, 무얼 하든 신을 저주하는 바로 그
태도
우우, 난 참을 수가 없어, 정말이지 참을 수가 없어
넌 대체 무얼 증명하려는 거니?

죽은 자여, 죽은 자여
넌 언제쯤 일어날 거니?
네 마음엔 거미줄이
네 눈엔 먼지가

화려함과 도시의 휘황찬란함, 그리고 죄악의 정치
결국 넌 네가 날 위해 지어준 빈민가로 가는 신세가 되고
말겠지
네 마음을 지배하는 엔진의 공회전
우우, 난 참을 수가 없어, 정말이지 참을 수가 없어
네가 그렇게 잘난 척해대는 꼴을

죽은 자여, 죽은 자여
넌 언제쯤 일어날 거니?
네 마음엔 거미줄이
네 눈엔 먼지가

넌 대체 뭘로 날 제압하려는 거야? 교리나 총으로?
난 이미 벽을 등지고 있어, 어디로 도망칠 수 있겠어?
네가 입은 턱시도, 옷깃에 꽂은 꽃
우우, 난 참을 수가 없어, 정말이지 참을 수가 없어
넌 날 지옥으로 끌고 가고 싶어하지

죽은 자여, 죽은 자여
넌 언제쯤 일어날 거니?
네 마음엔 거미줄이
네 눈엔 먼지가

우리 둘만 알고 있자

우리 둘만 알고 있자
우리 사이에 끼어드는 이 사람들, 그들은 우리의 친구가
아니야
우리 둘만 알고 있자
문이 다 닫히고 우리의 단란함이 끝나버리기 전에
그들은 네게 날 배신하게 하고 내게 널 배신하게 할 거야
대체 우리가 누굴 믿어야 할지 모르게 될 때까지
오 그대여, 우리 둘만 알고 있으면 안 될까?

우리 둘만 알고 있자
우린 그들이 결코 공유한 적 없는 고난의 시간을 정말
오랫동안 함께해왔잖아
그들은 우리 앞에서 아무 할말이 없지
그런데 갑자기 이제 와서는 늘 신경이라도 써줬다는 듯
굴다니
우리에게 필요한 건 정직함
그리고 약간의 겸손과 신뢰뿐
오 그대여, 우리 둘만 알고 있으면 안 될까?

우리가 완벽하지 않다는 걸 알아
그렇긴 하지만, 그건 그들도 마찬가지야
마치 우리가 그들을 위해 살아야만 한다는 듯 굴다니
마치 다른 길은 없다는 듯이
그리고 그건 나를 좀 지치게 해

우리 잠깐이라도 편히 앉을까?
우리가 깨어나기 전까지, 그래서 정신을 빼놓는 현혹 속에
우리가 빠져 있었다는 걸 알게 되기 전까지
여기서 분명 우리가 못 본 게 있을 거야
지금 모두 다 내려놓고 선 뒤로 물러서는 게 나을지도 몰라
인간의 귀로 듣기에 어울리지 않는 것들이 있잖아
논할 필요조차 없는 것들이 있잖아
오 그대여, 우리 둘만 알고 있으면 안 될까?

그들은 너와 내게 서로 다른 말들을 해댈 거야
대체 우리가 누굴 믿어야 할지 모르게 될 때까지
오 그대여, 우리 둘만 알고 있으면 안 될까?

우리 둘만 알고 있자
모든 게 툭 끊어져서 도를 넘어버리기 전에
만일 우리가 스스로 이걸 감당해낼 수 없다 하더라도
우리가 그들의 생각보다 못한 건 아니라고 내게 말해줘
뒷자리에 앉아 잔소리만 하는 사람이 핸들의 기분을 알 리가
없지
하지만 어떻게 소란을 피울지는 확실히 알고 있다네
오 그대여, 우리 둘만 알고 있으면 안 될까?

우리 둘만 알고 있으면 안 될까?

주여, 제 아이를 지켜주소서

나이에 비해, 그는 지혜롭습니다
그는 그의 엄마의 눈을 가졌습니다
그의 마음속엔 기쁨이 있습니다
그는 젊고 길들여지지 않았습니다
저의 유일한 기도는 이것입니다, 제가 더이상 있을 수 없게
된다면
주여, 제 아이를 지켜주소서

이제 그의 젊음이 펼쳐질 때
그는 수백 살입니다
그의 놀고 있는 모습만 보아도 미소가 절로 떠오릅니다
저에게 무슨 일이 일어나든
저의 운명이 무엇이든
주여, 제 아이를 지켜주소서

온 세상이 잠들어 있습니다
당신은 그 세상을 보며 슬피 울 수도 있습니다
가치 있는 것을 거의 찾지 못하실 것입니다
그리고 저는 많은 것을 바라지 않습니다
만질 수 있는 그 어떤 물질적인 것도 바라지 않습니다
주여, 제 아이를 지켜주소서

그는 젊고 불타고 있습니다
희망과 욕망으로 가득차 있습니다

유린당하고 더럽혀진 세상에서
제가 이 길 따라 쓰러진다면
그리하여 또다른 날을 볼 수 없게 된다면
주여, 제 아이를 지켜주소서

그런 날이 온다고 들었습니다
모든 게 좋아지고
신과 인간이 화해할 그런 날이
하지만 인간들이 제 사슬을 잃고
정의로움이 세상을 다스리게 될 그날까지
주여, 제 아이를 지켜주소서

너 자신을 믿어

너 자신을 믿어
너 자신을 믿고서 오직 너만이 가장 잘 알고 있는 일들을 해
너 자신을 믿어
너 자신을 믿고서 옳은 일을 해, 망설이지 말고
내가 네게 아름다움을 보여줄 거라고 믿지는 마
아름다움은 시간 속에서 녹이 슬게 마련이니까
만일 누군가 믿을 사람이 필요하다면, 너 자신을 믿어

너 자신을 믿어
너 자신을 믿고서 나중에 결국 진실로 드러날 그 방법을
따라
너 자신을 믿어
너 자신을 믿고서 길을 찾아가, 의심과 걱정 따윈 버려버리고
내가 네게 진실을 알려줄 거라고 믿지는 마
진실은 먼지와 재에 불과할 수도 있으니까
만일 누군가 믿을 사람이 필요하다면, 너 자신을 믿어

너는 너 혼자야, 언제나 그랬지
늑대와 도둑놈의 땅에서
신을 섬기지 않는 인간들에게 희망을 걸지 마
아니면 남이 믿는 것의 노예나 돼버리라고

너 자신을 믿어
그럼 시시한 사람들이 네 기대를 저버려도 넌 실망하지 않을

거야
　너 자신을 믿어
　그리고 답을 찾을 수 없는 곳에서 답을 찾으려 들지 마
　내가 네게 사랑을 보여줄 거라고 믿지는 마
　내 사랑은 겨우 욕정에 불과할 수도 있으니까
　만일 누군가 믿을 사람이 필요하다면, 너 자신을 믿어

죽음은 끝이 아니야

네가 슬프고 외로울 때
그리고 친구가 하나도 없을 때
죽음은 끝이 아니라는 것만 기억해
그리고 네가 신성시해온 모든 것들이
무너져내리고 회복되지 않을 때
죽음은 끝이 아니라는 것만 기억해
끝이 아니야, 끝이 아니지
죽음은 끝이 아니라는 것만 기억해

네가 이해할 수 없는
기로에 서 있을 때
죽음은 끝이 아니라는 것만 기억해
그리고 네 모든 꿈들이 사라지고
굽이 너머에 뭐가 있는지 알 수 없을 때
죽음은 끝이 아니라는 것만 기억해
끝이 아니야, 끝이 아니지
죽음은 끝이 아니라는 것만 기억해

네 주위로 먹구름이 모여들고
장대비가 쏟아질 때
죽음은 끝이 아니라는 것만 기억해
그리고 도움의 손길을 뻗어
너를 위로해줄 누구도 거기 없을 때
죽음은 끝이 아니라는 것만 기억해

끝이 아니야, 끝이 아니지
죽음은 끝이 아니라는 것만 기억해

오, 생명의 나무가 자라고 있어
영혼이 절대 죽지 않는 곳에서
그리고 구원의 환한 빛이 빛나고 있어
어둡고 텅 빈 하늘에서

타오르는 인간의 살로
도시들이 불타고 있을 때
죽음은 끝이 아니라는 것만 기억해
그리고 법을 지키는 시민을 단 한 사람이라도
찾으려는 게 다 헛수고였을 때
죽음은 끝이 아니라는 것만 기억해
끝이 아니야, 끝이 아니지
죽음은 끝이 아니라는 것만 기억해

매일 밤

매일 밤 당신은 내 마음속 거리를 방황해
매일 밤 당신이 뭘 찾을 거라고 생각하는지 모르겠어
갈 곳이 없어, 돌아설 곳이 없네
당신 주위의 모든 게 불타고, 불타고, 불타는 것처럼만
보일 때
그리고 아무런 자비도 보이질 않을 때, 매일 밤

매일 밤
매일 밤

매일 밤 세상을 날려버릴 어떤 새로운 계획
매일 밤 어느 젊은 여자에게 키스하는 또다른 노인
당신은 구원을 찾네, 아무것도 찾지 못했지
그저 또다른 아픈 가슴, 또다른 총신
그저 또다른 다이너마이트 하나뿐, 매일 밤

매일 밤
매일 밤

매일 밤 당신은 침대에서 급사해
매일 밤 또다른 술병이 두통을 안겨줘
매일 밤 난 당신을 자유롭게 해주는 일에 대해 생각하네
하지만 아무래도 그럴 수가 없네, 그게 무슨 소용이겠어?
그래서 난 그냥 당신을 계속 꼭 끌어안고 있지, 매일 밤

매일 밤
매일 밤

고양이는 우물 안에 있어

고양이는 우물 안에 있어, 늑대가 내려다보고 있지
고양이는 우물 안에 있어, 늑대가 내려다보고 있지
녀석은 크고 북실북실한 꼬리를 땅 여기저기로 끌고 다니네

고양이는 우물 안에 있어, 상냥한 여자는 잠들어 있지
고양이는 우물 안에 있어, 상냥한 여자는 잠들어 있지
그녀는 아무것도 듣지 못해, 침묵이 그녀를 깊이 눌러내리고
있네

고양이는 우물 안에 있어, 그리고 슬픔이 그 얼굴을
드러내고 있어
세상은 도살당하고 있지, 정말이지 피비린내 나는
불명예라네

고양이는 우물 안에 있어, 말은 덜거덕거리지
고양이는 우물 안에 있어, 그리고 말은 덜거덕거리지
뒷골목 샐리는 아메리칸 점프를 하고 있네

고양이는 우물 안에 있어, 아빠는 신문을 읽고 있지
그는 머리가 빠지고 있고, 그의 딸들은 모두 신발이 필요해

고양이는 우물 안에 있어, 그리고 헛간은 황소로 가득해
고양이는 우물 안에 있어, 그리고 헛간은 황소로 가득해
밤은 정말 길어, 그리고 테이블은 오, 정말 꽉 차 있네

고양이는 우물 안에 있어, 그리고 하인은 문 앞에 있지
마실 게 준비됐고 개들은 전쟁을 벌일 거야

고양이는 우물 안에 있어, 낙엽이 지기 시작해
고양이는 우물 안에 있어, 낙엽이 지기 시작해
좋은 밤 되길, 내 사랑, 부디 주님께서 우리 모두에게 자비를
베푸시기를

하이랜즈

음 내 마음 하이랜즈에 있네*, 온화하고 맑은 곳
인동덩굴이 원시림 공기 속에서 꽃을 피우고
애버딘 강물 흐르는 곳에 블루벨 눈부시게 피어 있는 곳
음 내 마음은 하이랜즈에 있네
난 그곳으로 갈 거야 떠날 수 있을 만큼 기분 나아지면

창문들이 밤새 흔들리고 있었지 내 꿈속에서
모든 게 정확히 눈에 보이는 그대로였지
오늘 아침 일어나 똑같은 낡은 페이지를 봤어
똑같은 낡은 무한경쟁
똑같은 낡은 우리 속 인생

아무에게도 아무것도 바라지 않아, 가질 것 별로 없으니
진짜 금발머리와 가짜 금발머리에 어떤 차이가 있는지 난
모르겠어
수수께끼 같은 세상의 포로가 된 기분이야
누군가 와서
내 시간을 뒤로 돌려주었으면 좋겠어

음 내 마음은 하이랜즈에 있네 내가 어느 곳을 떠돌고 있든
고향이라 불리는 곳에 도착할 때 내가 있을 곳이지
바람, 그것은 얼룩덜룩한 무늬의 나무들에게 각운 맞춰
속삭이네
음 내 마음은 하이랜즈에 있네

오직 한 번에 한 걸음씩 걸어야만 그곳에 도착할 수 있네

닐 영의 음악을 듣고 있어, 소리를 더 키워야겠어
이럴 때면 꼭 소리 좀 낮추라고 고함치는 사람이 있지
어딘가를 떠돌고 있는 기분이야
풍경에서 풍경으로 떠돌고 있어
난 궁금해, 그 모든 것이 대체 어떤 의미를 가질 수 있는
거지?

광기가 내 영혼을 박살내고 있어
당신이 보기에도 내가 결코 순탄한 길을 걸어온 건 아닐
거야
내게 옳다고 믿는 대로 행동하는 양심이란 게 있다면, 음,
머리끝까지 화가 치밀겠지
뭐 어쨌든 그걸 가지고 내가 뭘 하겠어
전당포에나 들고 가겠지

내 마음은 동틀녘의 하이랜즈에 있네
검은 백조의 아름다운 호숫가
낮게 내려오는 마차같이 생긴 커다란 흰구름
음 내 마음은 하이랜즈에 있네
유일하게 남아 있는 내가 갈 수 있는 곳

난 보스턴 시내에 있지, 어느 레스토랑에

내가 뭘 원하는지 아무 생각이 안 나지
음, 아마 원하는 게 있을 텐데 그게 확실치가 않아
웨이트리스가 다가오네
그곳엔 그녀와 나 말곤 아무도 없지

휴일인 게 분명해, 주변에 아무도 없는 걸 보니
내가 앉을 때 그녀는 유심히 날 관찰하지
그녀는 예쁜 얼굴에 길고 윤기 나는 흰 다리
그녀가 말하지, "뭘로 할래요?"
난 말하지, "모르겠어요, 혹시 부드러운 삶은 달걀 같은 거
있어요?"

그녀는 나를 보고, 말하지, "갖다드리죠
달걀이 거의 다 떨어졌는데, 시간을 잘못 맞춰 오셨네요"
그러고는 그녀가 말하지, "화가이신 것 같은데, 내 그림 한
장만 그려줘요"
나는 말하지, "할 수만 있다면야 그렇게 해드리죠, 그런데
난 기억을 더듬어 스케치하지 않아요"

"음," 그녀가 말하지, "난 지금 당신 바로 앞에 있는걸요, 안
보이세요?"
나는 말하지, "좋아요, 알겠어요, 그런데 드로잉북을 안
가져왔네요!"
그녀는 내게 냅킨 한 장을 건네고는, 말하지, "그 위에 그리면

돼요"

　내가 말하지, "네 그려드릴 수 있죠, 그런데
내 연필이 어디 갔는지 알 수가 없네요!"

　그녀는 귀에 꽂아둔 연필을 빼들지
　그녀가 말하지, "이제 됐죠, 시작해요, 날 그려줘요, 여기 서
있을게요"
　난 선을 몇 개 그리고는 그것을 그녀에게 보여주지
　음 그녀는 그 냅킨을 집어들더니 뒤로 던져버리지
　그러곤 말하지, "나하고 하나도 안 닮았어요!"

　난 말했지, "오, 친절한 아가씨, 그건 당신을 꼭 닮았는데요"
　그녀가 말하지, "농담하는 거죠." 내가 말하지, "나도
농담이라면 좋겠어요!"
　그녀가 말하지, "당신은 여자가 쓴 책은 읽지 않죠, 그렇죠?"
　그녀에게서 그런 얘길 들을 거라곤 꿈에도 생각 못했지
　"음," 나는 말하지, "그걸 어떻게 알죠? 그게 중요한가요?"

　"음," 그녀가 말하지, "그냥 당신은 그런 책을 읽을 사람처럼
안 보이니까요!"
　내가 말했지, "당신 짐작은 완전히 틀렸어요"
　그녀가 말하지, "그럼 어떤 책을 읽어봤나요?" 내가 말하지,
"에리카 종**을 읽었죠!"
　그녀는 잠시 자리를 떠나지

그리고 나는 슬며시 의자에서 일어서지
　나는 밖으로 나와 번화한 거리로 돌아가지만 오가는 사람은
아무도 없지

　음 내 마음은 하이랜즈에 있네, 말들과 사냥개들 있는
　저 위쪽 국경선 끄트머리 시골, 도시에서 멀리 떨어진
　휙 하고 날아가는 화살과 탁 하고 흔들리는 활이 있는
　내 마음은 하이랜즈에 있네
　내가 갈 다른 길은 보이지 않네

　문밖은 매일 똑같은 세상이지
　예전보다 더 멀게만 느껴지네
　인생의 어떤 것들은 배우기엔 이미 너무 늦은 것들
　음, 난 어디선가 길을 잃었지
　몇 번인가 방향을 잘못 튼 게 틀림없지

　공원에 있는 사람들 보고 있지 걱정도 근심도 모두 잊은
듯한 얼굴
　다들 마시고 춤추고 있지, 밝은 빛깔의 옷 입고서
　젊은 여자들과 함께 있는 젊은 남자들 모두 무척 좋아 보여
　음, 저들 중 누군가와 내 자리를 바꾸면 좋겠어
　잠깐만이라도, 그게 가능하다면

　피부병 걸린 개를 피해 거리를 가로지르고 있지

나 자신에게 독백으로 말을 걸면서
내겐 전신을 덮는 가죽 외투 한 벌이 필요하다는 생각이
들어
이제 막 누군가가 내게 물었지
투표 등록을 했느냐고

태양이 나를 비추기 시작했어
하지만 평소와 같은 태양은 아니지
파티는 끝났고 갈수록 할말은 줄어들지
내겐 새로운 눈이 생겼어
모든 게 너무나 멀리 떨어져 있는 것처럼 보여

음, 내 마음은 새벽녘의 하이랜즈에 있네
저 언덕들 너머 아주 먼 곳의
그곳에 닿는 길이 있어, 어쨌든 난 그 길을 알아낼 거야
하지만 난 마음속으로는 이미 그곳에 있지
그리고 지금은 그것만으로도 충분해

* 영국 시인 로버트 번스(1759~1796)의 시 「My heart's in the Highlands」에서 가져온 구
절이다.
** 미국 소설가이자 시인(1942~).

달빛

계절은 돌고 돌지
그리고 슬픈 내 마음은 갈망하네
지저귀는 새의 달콤하고도 듣기 좋은 음색을 다시 한번 듣게
되기를
달빛 아래서 홀로 나를 만나줘

어스름한 빛, 낮은 잃고 있어
난초, 양귀비, 노랑데이지 들을
살과 뼈로 녹아드는 대지와 하늘
달빛 아래서 홀로 나를 만나줘

공기는 짙고 무겁네
둑을 따라서 쭉
그곳에서 거위떼는 시골로 날아가버렸지
달빛 아래서 홀로 나를 만나줘

글쎄, 난 평화와 화합을 전파해
평온함의 축복이
바닥을 지나 꿈처럼 흘러가네
내가 널 강 건너편으로 데려갈 거야, 그대여
넌 여기 머물 필요 없어
블라인드를 내려, 문밖으로 나와

구름이 진홍빛으로 물들고 있네

잎들이 나뭇가지에서 떨어지고
그 가지들이 돌 위로 그림자를 드리우네
달빛 아래서 홀로 나를 만나줘

사이프러스 나무들의 대로
새와 벌들의 가면무도회
바람이 날려버린 분홍색과 흰색의 꽃잎들
달빛 아래서 홀로 나를 만나줘

길게 늘어진 이끼와 신비한 불빛
눈처럼 부드러운 보랏빛 꽃들
앞으로 나가서 구멍 안에 곧장 동전을 떨어뜨려
희미해져가는 석양빛이 붉게 타올랐네
좁은 길은 복잡하지
네가 날 용서해주든 말든 누가 신경이나 쓰겠어

손바닥에 맥박이 번지네
가파른 언덕은 솟아오르지
신음하는 뒤틀린 오크 나무가 있는 누런 들판으로부터
달빛 아래서 홀로 나를 만나줘

불쌍한 남자

남자가 문가로 다가오네, 난 말하지, "누구를 찾으시죠?"
그는 말해, "네 부인." 난 말하지, "그 사람은 부엌에서
요리하느라 바쁜데요."
불쌍한 남자야, 넌 그것도 모르니?
난 이미 네게 말해줬어, 또 말해주진 않을 거야

난 말하네, "얼마면 되겠어요?" 난 가게로 들어가
그 남자는 말하지, "3달러." "좋아요," 난 말해, "4달러는
어때요?"
불쌍한 남자야, 절대 희망을 버리지 마
조만간 다 괜찮아질 거야

사회의 주류에서 일해왔다네, 죽기 살기로 했지
하는 건 똑같아, 그저 차원이 다를 뿐
검은 옷을 입은 불쌍한 남자야,
경찰이 네 등뒤에 있어

열광적인 마을의 불쌍한 소년
저 너머에 반짝이는 별들이 있어
일등석 기차를 타고 달리네, 순회를 하며
객차들 사이로 추락하지 않으려 애를 쓰면서

오셀로와 데스데모나, "추워, 담요로 날 좀 덮어줘.
그런데, 독을 탄 와인은 어찌된 거야?" 그녀는 말해, "제가

그걸 줬고, 당신이 마셨잖아요."
　불쌍한 남자는 그걸 똑바로 내려놓고
　접시에서 떨어진 체리를 줍네

　시간과 사랑이 발톱으로 내게 낙인을 찍었어
　플로리다에 가야만 했지, 조지아주의 법을 피해서
　불쌍한 남자는 어둠 속에 앉아
　룸서비스를 부탁하며 말하지, "방 하나만 올려보내주세요."

　어머니는 돈 많은 농부의 딸이었어
　아버지는 떠돌이 외판원이었지, 난 그를 한 번도 만난 적
없네
　어머니가 돌아가셨을 때, 삼촌이 날 데려갔지, 그는
장례식장을 운영했어
　내게 정말 좋은 일들을 많이 해줬지, 그리고 난 그를 잊지
못할 거야

　내가 아는 건 네 키스에 내가 짜릿해졌다는 것뿐
　그 이상은 난 모르겠네
　불쌍한 남자는 작대기를 주워서
　네게 회반죽과 벽돌로 집을 한 채 지어줄 거야

　문을 두들기며 나는 말하네, "누구세요, 어디서 오신
분이죠?"

남자는 말하지, "프레디!" 난 말해, "프레디 누구요?" 그는
말하지, "프레디든 아니든 내가 왔어."
　불쌍한 남자, 빛나는 저 별들 아래서
　접시를 닦고 있어, 돼지치기를 하고 있네

짙푸른 산을 지나

난 짙푸른 산을 지나왔네, 개울가에서 잠을 잤고
머릿속에선 천국이 불타올랐지, 무시무시한 꿈을 꾸었어
바닷속에서 무언가가 올라왔네
부자들과 자유로운 자들의 땅을 휩쓸고 지나갔지

난 자비로운 내 친구의 눈을 바라보네
그리고 스스로 물어, 이제 다 끝난 건가?
추억에 잠기네, 슬프지만 달콤해
그리고 난 생각하지, 천국에서 만날 모든 영혼들을

여기저기 떨어지는 불꽃으로 제단은 불타고 있지
반대편에서 적군이 건너왔네
그들은 언덕 꼭대기에서 모자를 약간 들어올려 인사해
그들이 오는 게 느껴지네, 용감한 피를 더 흘려야만 해

흐릿한 대서양 항로를 따라
수마일 뒤에는 황폐한 땅이 있어
빛은 흘러나오고 거리는 넓다네
모두가 복수의 신께 굴복해야만 하지

세상은 낡았어, 세상은 늙었지
인생의 교훈은 하루아침에 얻을 수 없네
난 지켜보고 기다려, 선 채로 귀를 기울여
훨씬 더 나은 땅에서 들려오는 음악에

우린 대장의 두 눈을 감겨, 아마도 그는 평안을 얻게 될 터
그의 기나긴 밤은 끝났다네, 위대한 지도자가 쓰러졌네
그는 쓰러질 준비가 되어 있었지, 재빨리 방어했으니
철저하게도 그는 자신의 부하들에게 살해당했다네

행복한 마지막 해, 마지막 날의 마지막 시간
미지의 세상이 아주 가까이에 있다는 걸 느끼네
긍지는 사라지고, 영광은 부패할 테지
하지만 미덕은 계속 살아남아 잊힐 리 없네

저녁의 종이 울렸어
모두 신성을 모독하는 말들을 하지
그들이 말하게 해, 내가 공정한 자연의 빛 아래로
걸었다는 걸
그리고 내가 진실과 올바름에 충성했다는 걸

신을 섬기고 즐거워해, 저 너머 위쪽을 바라봐
새벽의 놀라움을 가리고 있는 저 어둠 너머를
피로 물든 숲의 짙고 푸른 풀밭에서
그들은 항복을 꿈도 꾸지 않았어, 자신들이 서 있는 곳에서
쓰러졌다네

앨라배마 위로 별들이 떨어졌네, 난 별들을 하나하나

바라봤지
　네가 누구든 넌 꿈속을 걷고 있어
　하늘은 차갑고, 서리는 살을 에는 듯해
　땅은 꽁꽁 얼어붙었고 아침은 사라졌네

　오늘 어머니에게 편지 한 통이 왔지
　가슴에 총을 맞았다고 적혀 있었네
　하지만 그는 곧 나을 거야, 병원 침대에 있으니
　하지만 그는 절대 낫지 못할 거야, 그는 이미 죽었거든

　난 도시에서 십 마일 벗어난 곳에 있어, 그리고 난 하늘 위로
떠오르네
　한낮의 빛이 아닌, 아주 오래된 빛 속에서
　그들은 고요했어, 무뚝뚝했지, 그들 모두를 우린 너무나도 잘
알고 있었다네
　우리가 감히 말할 수 있는 것보다 우린 훨씬 더 서로를
사랑했지

거래가 이루어질 때

밤의 정적 속, 세상의 오래된 빛 속에서
불화 속에 지혜가 자라나는 곳에서
나의 어리둥절해하는 정신은 헛수고를 하지
인생의 좁은 길에서 어둠을 헤쳐 나가며
보이지 않는 모든 기도들은 공중에 뜬 구름과도 같다네
내일은 계속 돌고 돌지
우리는 살고 우리는 죽어, 이유 같은 건 모르네
하지만 난 너와 함께할 거야, 거래가 이루어질 때

우린 먹고 우린 마시지, 우린 느끼고 우린 생각해
우린 거리 저멀리까지 헤매고 다니지
난 웃고 난 울어, 그리고 난 시달리지
전혀 말할 의도가 없었거나 말하고 싶지 않았던 것들에
자정의 비가 기차를 뒤따르고 있어
우린 모두 같은 가시면류관을 쓰네
영혼에서 영혼으로, 우리의 그림자는 흘러가
그리고 난 너와 함께할 거야, 거래가 이루어질 때

밤이면 달은 빛을 발하며 반짝여
그 빛을 나는 거의 느낄 수 없네
우린 사는 법을 배워, 그러고서 우린 용서하지
저 길 너머로 우린 가야만 해
꽃보다도 더 연약한 이 소중한 시간들이
우릴 계속해서 단단히 묶어주네

넌 내 눈에 비치지, 마치 하늘에서 내린 환영처럼
그리고 난 너와 함께할 거야, 거래가 이루어질 때

장미 한 송이를 꺾었어, 그리고 옷 사이에 꽂아넣었지
구불구불한 개울을 따라갔어
귀를 먹먹하게 하는 소음을 들었지, 덧없는 기쁨을 느꼈네
난 그들이 보이는 것과는 다르다는 걸 알아
이 세속의 영역, 실망과 고통으로 가득한 이곳에서
내가 눈살 찌푸리는 모습을 넌 절대 보지 못할 거야
난 내 마음을 네게 빚지고 있어, 그리고 그건 그게
진실이라는 뜻이지
그리고 난 너와 함께할 거야, 거래가 이루어질 때

지평선 너머

지평선 너머, 저 태양의 뒤편
삶이 이제 막 시작됐을 뿐인 무지개의 끝에서
저 하늘 위 소성단 아래 긴 여명의 시간 속에서
지평선 너머에서, 사랑하긴 쉽지
난 창밖을 응시하고 있어
오래된 마을에서
꽃잎들이
바닥에 떨어지고 있네
지평선 너머, 봄이든 가을이든
사랑은 영원히 기다리네, 한 사람을 위해서도, 모두를
위해서도

지평선 너머, 경계선 너머에서
자정이 다가올 때, 우린 같은 편에 있을 거야
계곡에 흐르는 물은 차갑지
지평선 너머에서 누군가 네 영혼을 위해 기도드리고 있어
난 내 진실한 사랑을 잃었네
황혼에, 동이 틀 무렵에
난 다시 정신을 차려야만 해
일어서서 나아가야지
지평선 너머, 불타는 사랑의 게임 너머로
네가 한 걸음 내디딜 때마다, 나도 널 따라서 걷고 있네

지평선 너머, 밤바람이 불고 있어

여러 번 달이 뜨고 지는 동안에도 계속된 주제선율
세인트 메리 교회의 종들, 그것들은 어쩌면 그리도 감미롭게
울리는지
지평선 너머에서 난 때마침 널 발견했네
미끄러지고 빠져들었지
멈추기엔 이미 늦었어
감쪽같이 흘러가버리네
정상에 있으면 외롭지
지평선 너머, 하늘은 정말 푸르러
너를 사랑하며 살자면 평생을 다 바쳐도 모자랄 거야

좁은 길

사막을 가로질러 걸어갈 거야, 제정신이 들 때까지
뒤에 두고 온 것들은 생각하지도 않을 거야
그 가운데 내 것이라 할 만한 건 전혀 없긴 하지만
집으로 돌아가, 날 좀 혼자 내버려두라고

먼길이라네, 멀고도 좁은 길
만일 내가 당신께 도달할 수 없다면
당신이 언젠가 내게로 내려와줘야 할 거예요

영국이 백악관을 불태워버린 후로
마을은 심장에 피 흘리는 상처를 입었어
난 네가 빈 잔을 들고 마시는 모습을 봤지
네가 파묻히는 걸 봤고, 네가 파헤쳐지는 걸 봤어

먼길이라네, 멀고도 좁은 길
만일 내가 당신께 도달할 수 없다면
당신이 언젠가 내게로 내려와줘야 할 거예요

천사여, 하늘에서 아래를 내려다봐요
내 지친 영혼을 일으켜세워줘요
난 당신 뺨에 키스했어요, 당신의 쟁기를 끌었죠
당신은 내 마음을 아프게 했어요, 난 당신의 친구였죠,
지금까지도요

먼길이라네, 멀고도 좁은 길
만일 내가 당신께 도달할 수 없다면
당신이 언젠가 내게로 내려와줘야 할 거예요

황금빛 태양의 궁정에서
넌 일어나 싸우거나 무너져 도망치지
너는 그러다가 네 멋진 머리를 잃었어
와인 한 모금과 딱딱하게 굳은 빵 한 조각 때문에

먼길이라네, 멀고도 좁은 길
만일 내가 당신께 도달할 수 없다면
당신이 언젠가 내게로 내려와줘야 할 거예요

우린 훔쳤어, 우린 노략질했지, 아주 먼 해안에서
왜 내 몫이 네 몫이랑 같지 않은 거지?
네 아버지는 널 떠났지, 네 어머니도 마찬가지야
심지어 죽음도 너한테선 손을 떼버렸다고

먼길이라네, 멀고도 좁은 길
만일 내가 당신께 도달할 수 없다면
당신이 언젠가 내게로 내려와줘야 할 거예요

여긴 살아남기가 힘든 나라야
칼날이 없는 곳이 없지, 그것들이 내 피부를 찢고 있어

난 최대한 무장했네, 그리고 악착같이 싸워나가
상처 없이 여길 빠져나가진 못할 거야

먼길이라네, 멀고도 좁은 길
만일 내가 당신께 도달할 수 없다면
당신이 언젠가 내게로 내려와줘야 할 거예요

너무나도 많은 연인들이 벽 앞에서 널 기다리고 있어
내 혀가 천 개나 된다 해도 그들을 다 소리 내어 헤아리진
못할 거야
어제 난 저들을 죄다 바다 속에 던져버릴 수도 있었지
오늘은 심지어 한 명도 너무 무리일 것만 같네

먼길이라네, 멀고도 좁은 길
만일 내가 당신께 도달할 수 없다면
당신이 언젠가 내게로 내려와줘야 할 거예요

식은 죽 먹기야 자기야, 실수할 리 없다고
네 두 팔로 날 안아, 그것들이 있을 곳은 바로 거기지
네게 롤러코스터를 태워주고 싶어
내 두 손으로 네 온몸을 만지고, 널 내 곁에 꼭 묶어둘 거야

먼길이라네, 멀고도 좁은 길
만일 내가 당신께 도달할 수 없다면

당신이 언젠가 내게로 내려와줘야 할 거예요

내겐 무겁고 육감적인 여자가 있지, 그녀는 얼굴에 미소를
띠고 있어
그녀는 내 영혼에 은총의 왕관을 씌웠다네
가슴을 관통한 화살 때문에 난 여전히 아파
내 머리를 가져다 네 가슴 사이에 파묻어야만 되겠어

먼길이라네, 멀고도 좁은 길
만일 내가 당신께 도달할 수 없다면
당신이 언젠가 내게로 내려와줘야 할 거예요

밤새 어두웠어, 하지만 이젠 새벽이라네
움직이는 손가락은 계속해서 움직여
넌 날 지켜줄 수 있지, 내가 잠든 동안에
내가 흘리는 눈물을 키스로 달래줘

먼길이라네, 멀고도 좁은 길
만일 내가 당신께 도달할 수 없다면
당신이 언젠가 내게로 내려와줘야 할 거예요

난 여자들을 사랑하고 그녀는 남자들을 사랑해
우린 서부에 가봤지, 그리고 우린 다시 그곳으로 돌아가
땅거미가 내릴 무렵 난 한 목소리를 들었네

"온유하라, 형제여, 온유하게 기도할지어다"

먼길이라네, 멀고도 좁은 길
만일 내가 당신께 도달할 수 없다면
당신이 언젠가 내게로 내려와줘야 할 거예요

폭풍우

창백한 달이 자신을 뽐내며 떠올랐어
저 서쪽 마을 위로
그녀는 아주 슬픈 얘길 들려줬네
침몰한 큰 배에 대한 이야기를

4월 14일이었지
파도를 헤치며 배는 나아갔어
내일을 향해 항해하며
예고된 황금시대를 향해

밤은 별빛으로 환했지
바다는 깨끗하고 맑았어
어둠을 뚫고 움직이며
약속의 시간은 가까워졌네

빛은 한결같이 비추고 있었지
거품이 이는 바다 위로 미끄러지면서
모든 귀족들과 숙녀들이
그들의 영원한 집으로 향하고 있었네

샹들리에가 흔들렸지
저 위쪽 난간에서
오케스트라는 연주를 하고 있었네
희미해진 사랑의 노래들을

경비원은 누워서 꿈을 꾸고 있었지
무도회장의 댄서들이 빙글빙글 돌고 있을 때
그는 타이타닉이 침몰하는 꿈을 꾸었네
저 아래 저승으로

레오는 자신의 스케치북을 집어들었어
종종 그러고픈 마음이 들었지
그는 두 눈을 감고 그림을 그렸네
자신의 마음속 풍경을

큐피드가 그의 가슴에 활을 쐈지
그러고는 그걸 뚝 분질러버렸네
그에게서 가장 가까이 있던 여자
그녀에게로 그가 저절로 굴러들어왔다네

그는 크고 소란스러운 소릴 들었어
뭔가 잘못된 것 같았지
마음 깊은 곳에서 영혼이 말했다네
여기서 오래 버티지 못할 거라고

그는 선미 쪽 갑판으로 휘청이며 걸어갔어
자고 있을 때가 아니었지
선미 쪽 갑판에 물이

벌써 3피트나 차올랐으니

굴뚝이 옆으로 기울었네
무거운 발걸음으로 쿵쾅거리기 시작했지
그는 난장판 속으로 걸어들어갔어
하늘이 온통 빙빙 돌았네

배가 가라앉고 있었지
우주가 활짝 열렸어
저쪽에서 명단을 부르기 시작했네
천사들은 옆으로 비켜섰지

복도의 불이 어두워졌어
흐릿하고 약하게 깜박거렸지
벌써부터 시체들이 둥둥 떠다녀
바닥이 이중으로 된 선체에서

그러고선 엔진이 폭발했네
추진기가 돌아가질 않고
보일러에 과부하가 걸렸지
뱃머리가 반으로 쪼개졌다네

승객들은 날아다녔지
뒤로, 앞으로, 저멀리, 빠르게

그들은 중얼거리고, 더듬거리고, 뒹굴었다네
또 한번 그럴 때마다 그전보다 더 지쳐갔지

베일은 갈가리 찢겨졌어
열두시와 한시 사이에
어떤 변화도, 어떤 갑작스러운 기적도
이미 일어난 일을 돌이킬 순 없었지

경비원은 누워서 꿈을 꾸고 있었네
45도 기운 채로
그는 타이타닉이 침몰하는 꿈을 꾸었네
털썩 무릎을 꿇고 마는 꿈을

웰링턴, 그는 잠들어 있었어
침대가 미끄러지기 시작했지
그의 용감한 가슴이 뛰고 있었어
그는 테이블들을 옆으로 밀쳤다네

박살난 크리스털 조각들이
주변에 여기저기 널려 있었어
그는 자신의 권총 두 개를 전부 다 찼지
그는 얼마나 오래 버틸 수 있을까?

그의 부하들과 동료들은

어디에도 보이지 않았어
침묵 속에서 그는 기다렸지
개입할 적당한 때와 공간이 생길 때까지

복도는 좁았고
눈앞은 완전히 깜깜했지
그는 온갖 슬픔을 다 보았다네
어디서건 목소리들이 들려왔지

비상벨이 울리고 있었고
차오르는 물을 막아보려고
친구들과 연인들이 매달려 있었지
서로에게 나란히 기대어

어머니들과 딸들이
계단을 내려오고 있었어
얼음처럼 차가운 물속으로 뛰어들었지
사랑과 연민이 기도를 전했네

부자 애스터는
그의 사랑하는 부인에게 키스했어
그는 꿈에도 알지 못했네
이게 인생에서 마지막 여행이 될 줄은

캘빈, 블레이크, 윌슨은
어둠 속에서 도박을 했어
그들 중 누구도 살아남아
배에서 내리진 못할 거야

형제들끼린 서로 들고 일어났어
사사건건 말이지
서로 싸우고 서로를 학살했다네
치명적인 춤을 추며

그들은 구명보트를 내렸어
침몰하는 난파선에서
배신자들이 있었지, 반역자들이 있었어
부러진 등과 부러진 목이 있었네

주교는 자신의 선실을 떠났지
그 모든 가난한 이들을 돕는답시고
자신의 눈을 돌려 하늘을 쳐다보며
말했어, "가난한 자들을 배불리 먹여주소서."

매음굴을 운영하는 데이비는
밖으로 나와 자신의 여자들을 해고해버렸어
물이 더 깊어지는 모습을 봤지
자신의 세상이 변하고 있는 모습을 봤어

짐 댄디는 웃었어
그는 수영을 배운 적이 없었지
몸에 장애가 있는 소년을 봤다네
그리고 그애에게 자신의 자리를 내줬지

그는 반짝이는 별빛을 보았네
동쪽에서 흘러나오는 별빛을
죽음은 미친듯이 날뛰었지만
그의 마음은 마침내 평온을 찾았네

그들은 승강구를 막았지
하지만 문은 버티지 못했어
그들은 계단 위에서 익사했다네
황동과 윤이 나는 금으로 된 계단 위에서

레오가 클레오에게 말했네
"나 미쳐가고 있는 것 같아."
하지만 그는 진작에 정신을 잃었지
그 정신이 무엇이었든지 간에

그는 출입구를 막아보려 애썼어
모두를 피해 입지 않게 보호하려고
벌어진 상처에서 난 피가

그의 팔 아래로 흘러내렸네

꽃에서 꽃잎들이 떨어져내렸어
꽃잎들이 모두 사라질 때까지
길고 끔찍한 시간 동안
마법사의 저주는 계속됐다네

주인은 브랜디를 따르고 있었지
그는 천천히 가라앉고 있었어
끝날 때까지 자리를 지켰지
그의 차례는 맨 마지막이었네

또다른 많고 많은 사람들이 있었어
이곳에서 영영 무명인 채로
그들은 예전에 바다를 항해해봤거나
집을 떠나본 적이 한 번도 없었어

경비원은 누워서 꿈을 꾸고 있었네
이미 피해는 발생했지
그는 타이타닉이 침몰하는 꿈을 꾸었네
그리고 누군가에게 말하려 했어

선장은 간신히 숨을 쉬며
타륜 앞에서 무릎을 꿇었어

그의 위와 그의 아래로
오만 톤이나 되는 강철이 있었네

그는 자신의 나침반을 살펴봤어
그리고 그 앞면을 응시했지
바늘은 아래를 가리키고 있었네
그는 자신이 졌다는 걸 알았어

어두운 빛 속에서
그는 지나간 세월을 떠올렸네
그는 계시록을 읽었지
그리고 자신의 잔을 눈물로 가득 채웠어

사신死神의 과업이 끝났을 때
천육백 명이 잠들어버렸네
선한 자, 악한 자, 돈 많은 자, 가난한 자
가장 사랑스러운 자와 가장 훌륭한 자들이

그들은 땅에 내리기만을 기다렸지
그리고 이해해보려고 애썼어
하지만 그런 건 없었네
신이 내린 심판에 대한 이해 말이야

전보로 소식이 전해졌어

엄청난 충격을 가져다줬지
사랑은 그 불길을 잃었고
모든 것들은 그 일생을 마쳐버렸지

경비원은 누워서 꿈을 꾸고 있었네
일어날 수 있는 모든 일들에 대한 꿈을
그는 타이타닉이 침몰하는 꿈을 꾸었네
시퍼런 바다 아래로

불어오는 바람 속에서 얻은 대답

서대경(시인)

밥 딜런 시선집 3 『불어오는 바람 속에』는 밥 딜런 일생의 노랫말을 집대성한 『밥 딜런: 시가 된 노래들 1961-2012』(2016) 가운데 반전·평화의 메시지와 휴머니즘이 강하게 드러나는 54편의 작품을 골라 엮은 것이다. 「불어오는 바람 속에」 「전쟁의 귀재들」 「세찬 비가 쏟아질 거예요」 같은, 밥 딜런을 당대의 '저항 시인'으로 대중에 각인시킨 대표작들과 그의 이상주의적 비전을 엿볼 수 있는 서정성 짙은 시들을 담았다.

아도르노와 호르크하이머는 『계몽의 변증법』에서 정신의 진정한 속성은 '물화物化'에 대한 부정에 있다고 말한다. 이는 밥 딜런 문학의 본질을 정확하게 정의하는 말이기도 하다. 전쟁은 인간 정신의 물화가 초래한 가장 참혹하고 극단적인 사태라 할 것인 바, 딜런은 「걷다 죽게 해주오」에서 전쟁을 이야기하는 자들로 가득한 세상, '사는 법을 배우는 대신 죽는 법을 배우고 있는 세상'의 끔찍함을 고발한다. 무덤으로 가는 날에도 머리를 높이 치켜들겠노라고, 순순히 죽음에 항복하지 않겠노라고 외치는 스물두 살 밥 딜런의 목소리에는 현실의 절망에 굴복하지 않고 매 순간을 자유롭고 강렬하게 살고자 하는 열혈 청년의 패기가 살아 있다.

얼마나 많은 길을 걸어야
한 인간은 비로소 사람이 될 수 있을까?
그래, 그리고 얼마나 많은 바다 위를 날아야
흰 비둘기는 모래 속에서 잠이 들까?
그래, 그리고 얼마나 많이 하늘 위로 쏘아올려야
포탄은 영영 사라질 수 있을까?
그 대답은, 나의 친구여, 바람 속에 불어오고 있지
대답은 불어오는 바람 속에 있네

「불어오는 바람 속에」 중에서

밥 딜런은 나직하면서도 가장 뜨거운 언어로, 우리를 생의 비참과 슬픔 앞에, 절박한 물음 앞에 서게 한다. 그리고 그 '대답은 불어오는 바람 속에 있다'고 얘기한다. 무슨 말일까? 그의 문학을 압축적으로 표현하는 이 수수께끼 같은 문장을 우리는 어떻게 읽어야 할까? 불어오는 바람은 곧 우리를 둘러싼 날것의 현실, 생동하는 삶을 환기한다. 또한 그것은 물화를 거부하는 살아 있는 정신, 그 자체를 상징하는 것일 수 있다. 그러므로 불어오는 바람 속에서 답을 찾는다는 것은, 이론이나 이념에 기대지 않는 투명한 눈으로 있는 그대로의 현실에 직면한다는 것이며, 그렇게 세상에 대한, 인간에 대한 절박한 질문 앞에 깨어 있는 의식으로 선다는 것을 의미할 것이다. 간절히 '질문하는 자'로 서는 것, 어쩌면 그 자체가 바람이 우리에게 전하고자 한 대답인지도 모른다.

「걷다 죽게 해주오」「불어오는 바람 속에」가 청년 밥 딜런의 강렬한 저항정신을 드러낸다면 「하이랜즈」는 어느덧 노년으로 접어들어 그만큼 고즈넉해진 삶에 대한 그의 시선을 드러낸다. 무덤으로 가는 길에도 고개를 높이 치켜세우겠노라고 호기롭게 외치던 젊은 방랑자는 이제 '똑같은 낡은 무한경쟁'의 세상, '똑같은 낡은 우리 속 세상'에 지쳐 자신에게 남은 마지막 갈 곳, 하이랜즈를 꿈꾼다.

태양이 나를 비추기 시작했어
하지만 평소와 같은 태양은 아니지
파티는 끝났고 갈수록 할말은 줄어들지
내겐 새로운 눈이 생겼어
모든 게 너무나 멀리 떨어져 있는 것처럼 보여

음, 내 마음은 새벽녘의 하이랜즈에 있네
저 언덕들 너머 아주 먼 곳의
그곳에 닿는 길이 있어, 어쨌든 난 그 길을 알아낼 거야
하지만 난 마음속으로는 이미 그곳에 있지
그리고 지금은 그것만으로도 충분해

「하이랜즈」 중에서

나그네에게 생긴 '새로운 눈'은 내면의 하이랜즈로 열려 있다. 우리가 꿈꾸는 진정한 삶의 공간은 '저 언덕들 너머 아주 먼

곳'이 아닌 우리의 내면에 이미 존재한다는 것. 밥 딜런이라는
나그네가 불어오는 바람 속에서 얻은 대답이다.

| 번역 작품 목록 |

걷다 죽게 해주오
먼 옛날, 어느 먼 곳에서
신이 우리와 함께하시기에
사랑 마이너스 제로 나누기 무한대
미스터 탬버린 맨
에덴의 입구
괜찮아요, 엄마(단지 피 흘리고 있을 뿐이니까요)
시골 파이
시간은 천천히 흐르지
세 천사
천국의 문을 두드려요
폭풍우 피해 쉴 곳
수호자의 교체
생각할 겨를이 없다
주여, 제 아이를 지켜주소서
하이랜즈

턴테이블 시론 3: 코러스가 있는 시

이것은 손으로 넘기는 시집이 아니라 (어디까지나 비유적으로) 턴테이블 위를 빙빙 돌아가는 말과 소리의 향연이다. 분명 요즘 시대에 희귀하고도 귀한 것이다. 밥 딜런의 노래는 다른 가수들의 그것과는 다른데, 무엇보다 가사의 높은 문학적 수준에서 그러하다. 또한 밥 딜런의 가사는 다른 시인들의 시와도 다른데, 무엇보다 빼어난 노래로서 그것이 지닌 파급력에서 그러하다. 나는 밥 딜런의 앨범들을 '턴테이블 시집'으로 본다.

(밥 딜런 시선집 2 『하루 더 많은 아침』에 이어) 턴테이블 시의 세번째 특징은 코러스(chorus)가 있다는 것이다. 코러스가 있다는 말은 절(verse)이 있다는 의미다. 즉 구조상 변주되거나 반복되는 부분이 있는 시이다.

시가 노래이기도 하던 시절, 혹은 시가 노래로도 불리던 시절이 있었다. 그리 먼 과거도 아니다. 밥 딜런이 「하이랜즈」의 가사와 아이디어를 얻기도 한 스코틀랜드 시인 로버트 번스(Robert Burns)의 시 「내 마음 하이랜즈에 있네」에는 '코러스(합창)' 표시가 되어 있으며(그의 시들은 여전히 새로운 노래들로 만들어지고 있다), 우리에게 익숙한 정지용의 「향수」는 "넓은 벌 동쪽 끝으로/옛이야기 지줄대는 실개천이 회돌아 나가고,"라는 첫 두 행을 읽는 순간 익히 아는 멜로디가 따라붙는다.

자유시(free verse)의 시대로 접어들면서 시는 노래할 수 없는 것이 되어버렸다. 노래는 기본적으로 같은 구조들(절과 코러스)의 반복이고, 따라서 노래로 불리기 위해서는 글자 수가 어느 정도 비슷하게 이어지거나 반복구와 라임 등이 있어야 하는데, 자유시는 이 모든 제약들을 뿌리치면서 자유로워졌기 때문이다. 자유시는 일견 무한해 보이는 자유를 얻는 대신, 안타깝게도 노래로부터도 자유로워져버렸다. 이제 시와 노래는 서로 무관한 것이 되었다. 실제로 한국 현대시를 가사로 바꿔 노래를 만들(어야 했)던 한 가수의 경험담을 들은 적이 있다. 본래 작품에 변형을 가하지 않고서 가사로 바꾸는 것도 거의 불가능한 일이었지만, 무엇보다 시들이 너무 길어서 곤혹스러워했던 그는 이제 그 작업을 하지 않는다. 시와 노래는 작심하고 서로 붙이려 해도 붙을 수 없는 사이가 되어버린 것이다. 하지만 (시대착오적인, 혹은 시대에 구애받지 않는) 턴테이블 시인에게 그런 문제는 애초부터 존재하지 않는다. 노래가 시이고 시가 곧 노래이기 때문에. 딜런은 극히 정형적인 가사/시를 쓴다. 그것은 우리가 익히 아는 자유시와도 다르고 보통의 가사와도 다르다.

  밥 딜런 시선집 3 『불어오는 바람 속에』에는 딜런의 가장 유명한 노래들로 알려진 「불어오는 바람 속에」 「세찬 비가 쏟아질 거예요」 「자유의 교회종」 「미스터 탬버린 맨」 「천국의 문을 두드려요」 등이 실려 있다. 흥미로운 것은 이 가사들을 시로 본다고 할 때, 코러스, 혹은 코러스에 해당하는 구절이 하는 역할이다. 「불어오는 바람 속에」의 코러스는 "그 대답은, 나의 친구여, 바람 속에 불어오고 있지/대답은 불어오는 바람 속에 있네"이다. 각 절에서 던지는 구체적인 질문들에 비하면 지나치게 모호하며 의미 파악이 거의 불가능하다는 것을 알 수 있다. 그리고 고도로 상징적인 구절들이 쉴새없이 쏟아지는 「세찬 비가 쏟아질 거예요」의 코러스는 "그리고 세찬 비, 그리고 세찬 비가, 세차고 세찬 비가/그리고 세찬 비가 쏟아질 거예요"이다. 당시 모두가 두려워하던 쿠바의 핵미사일을 은유한 것일까, 아니면 단순히 종말론적인 이미지를 그린 것일까? 딜런 자신은 이것이 그저 '세찬 비'에 불과하다고 일축했지만 그 말을 곧이곧대로 받아들이는 사람은 아무도 없었다. 그러니까 딜런의 코러스는 때로 답이 아닌 더 큰 질문이며, 그것은 노래에서 채워지지 않는 구멍과도 같은 역할을 한다. 듣는 사람들은 그 구멍을 끊임없이 채워넣으려 해보지만 그건 애초에 위아래가 모두 뚫린 구멍이기에 불가능하다. 앨범 《밥 딜런의 또다른 면》(1964)의 라이너 노트에 실린 딜런의 시에는 "당신은 내게 질문들을 던지지/난 말하네, 모든 질문은/그것이 만일 진실한 질문이라면/묻는 것이 곧 대답이 되는 것이라고"라는 구절이 있다. 훌륭한 질문은 그것 자체로 답이나 마찬가지라는, 혹은 그것이 웬만한 답보다 더 낫다는 의미이리라.

이러한 코러스는 모두 함께 부르는 것이고, 따라 부르는 것이다. 가령 술집에서 누군가의 신청곡이 나올 때, 처음에는 작게 웅얼거리던 이들도 코러스가 나오면 갑자기 목소리를 높여 다같이 호기롭게 노래한다. 멋진 코러스란 힘이 세고 그 품이 넓다. 그것으로 들어가는 문은 매우 크고 언제나 열려 있어서 언제나 우리를 다 받아준다. 이러한 코러스가 있는 시를 쓰는 시인이 평화와 인류애에 대해 노래하는 것은 너무나도 당연한 일이다. 그에게는 남의 일이 자기 일이며 자기 일이 곧 남의 일이 되는 까닭이다. 그가 무슨 성인이라는 뜻이 아니다. 딜런은 초창기 무렵 한 인터뷰에서 이렇게 말했다. "아마 당신은 내가 시인이라고 배웠겠지만 내가 시인이라면 당신도 시인일 거예요. (…) 당신은 시인이고 당신이 매일 하는 말은 우리 시대 최고의 시인이 지은 최고의 시죠. 저는 일종의 서기이자 분위기나 파악하는 사람일 뿐, 제 작업장은 보도, 당신의 거리와 당신의 들판, 당신의 고속도로 그리고 당신의 건물이에요." 영감에 사로잡힌 시인은 자타(自他)를 구분하지 않고 이곳저곳을 오가며 "수백 곡의 노래와 여러 권의 책을 쓸 수 있을 정도로 넘쳐나는 말들의 폭풍"을 느낀다. 혼자서 온 세상을 다 끌어안을 듯 휘몰아치는 「자유의 교회종」을 한번 보라.

함께 부른다는 것은 또한 때로 시공간을 초월하는 일도 된다. 전 세대가 불렀던 (특정 창작자가 명기되어 있지 않은) 것을 다시 이어서 부르기도 한다는 뜻이다. 노래의 주인이 된다기보다는 노래에 동참하는 느낌이랄까. 이미 존재하던 양식인 포크, 블루스, 컨트리, 로큰롤, 재즈, 가스펠 등을 자유롭게 이용하되 거기에 자신만의 목소리를 더한다. 이것은 턴테이블 시인에게 주어진 권리이자 의무이다. 그러므로 여기서는 훔치거나 가져오는 일, 소위 표절에 대해 여타 장르와는 좀 다른 기준이 부과된다. 그의 가장 유명한 노래일 「바람 속에 불어오는」의 멜로디는 가스펠 「노예 경매는 이제 그만(No More Auction

Block)」을 발전시킨 것이며, "너흰 방아쇠를 당기고/남들에게 그걸 쏘게 하지/그리고 너흰 물러서서 구경해"라고 매우 구체적으로 군수업자들을 비난하는 「전쟁의 귀재들」의 멜로디 또한 영국 민요 「놋타문 타운(Nottamun Town)」에서 가져온 것이다(물론 말년의 딜런에게는 멜로디조차 중요하지 않아서 때로는 멜로디를 거의 날려버린 채 경전을 읊조리듯 노랫말을 '내뱉기도' 한다. 1991년 그래미 평생공로상 무대에서 부른 「전쟁의 귀재들」을 들어보라). 안 좋은 예로는 데이브 반 롱크(Dave Van Ronk)의 버전을 그대로 훔쳐와 무단으로 앨범에 실은 바람에 그를 분개하게 한 「해 뜨는 집(House of the Risin' Sun)」의 경우도 있다. 하여튼 딜런에게 이런 경우는 무수히 많다. 가사 또한 다른 선배 가수들이나 문학 작품 속 구절들을 마음대로 가져와 변형시키곤 한다. 그는 이미 그리니치빌리지 시절부터 남들의 퍼포먼스, 연주 스타일, 작곡 스타일 등을 있는 족족(그것도 급속도로) 빨아들이는 '스펀지' 같은 인물로 유명했다. 심지어 그의 앨범 타이틀 중에는 《"사랑과 절도"》(2001)가 있는데, 이 두 단어가 어쩌면 밥 딜런의 음악 세계의 전부를 말해준다고 해도 무방하겠다. 그는 앨범 《시대는 변하고 있다》(1964)의 라이너 노트에 실은 시에서 "영향?/수백 수천/어쩌면 수백만일 수도/모든 노래들은 원래 있던 바다로 돌아오고/일찍이 어떤 노래하는 혀도/그걸 모방할 수 없었으니까"라고 말하며 모든 노래들이 실은 하나의 연속체임을 (다소 뻔뻔하게) 역설한다. 어쨌거나 턴테이블 시는 이처럼 늘 공동 창작된다.

세상에 완전히 새로운 것은 없으며 "내일은 계속 돌고"(「거래가 이루어질 때」 중에서) 돈다. 역시나 그 멜로디를 빙 크로스비(Bing Crosby)에게서 가져온 이 노래에서 딜런은 "덧없는 기쁨을 느꼈네"라고 말한다. 노년의 그는 극히 종교적인 목소리로 세속의 무상함을 노래하지만("이 세속의 영역, 실망과 고통으로 가득한 이곳에서") 그렇다고 그것의 소중함까지 놓쳐버리는 실수를 범하지는 않는다("꽃보다도 더 연약한 이 소중한 시간들이/우릴 계속해서 단단히 묶어주네"). 그가 이 노래에서 말하는 '너'는 연인이기도 하고 신이기도 하겠다. 하지만 대체 무슨 상관이란 말인가? 중요한 건 서로 함께한다는 단순한 사실에 있을 것인데("그리고 난 너와 함께할 거야"). 턴테이블 시는 모두가 함께 노래하기 좋은 시다. 서로 섞이지 않는 것들이 한자리에서 복작대며 살아가는 모습을 가감 없이 보여주면서 그어느 쪽도 전적으로 편들지 않는 노래, 그러면서도 가식과 위선 없이 진실된 노래. 참으로 듣기 좋지 아니한가.

불어오는 바람 속에
전쟁의 귀재들
세찬 비가 쏟아질 거예요
제3차세계대전 토킹블루스
먼지투성이 오래된 축제 장소들
자유의 교회종
플레이보이와 플레이걸들
거의 여왕님 제인
존 웨슬리 하딩
나는야 외로운 부랑자
나는 가난한 이민자를 동정해
작은 만을 따라가다가
난 해방될 거야
영원히 젊기를
웨딩 송
모잠비크
오, 자매여
조이
두랑고에서의 로맨스
블랙 다이아몬드 만
메기
누군가를 섬겨야만 해
너희는 변할 거야
샷 오브 러브
싱거운 사랑
죽은 자여, 죽은 자여

우리 둘만 알고 있자
너 자신을 믿어
죽음은 끝이 아니야
매일 밤
고양이는 우물 안에 있어
달빛
불쌍한 남자
짙푸른 산을 지나
거래가 이루어질 때
지평선 너머
좁은 길
폭풍우

Inc.; renewed 1992 by Special Rider Music

작은 만을 따라가다가Down Along the Cove(Alternate Version) Copyright © 2002 by Special Rider Music

전쟁의 귀재들Masters of War Copyright © 1963 by Warner Bros. Inc.; renewed 1991 by Special Rider Music

제3차세계대전 토킹블루스Talkin' World War Ⅲ Blues Copyright © 1963, 1966 by Warner Bros. Inc.; renewed 1991, 1994 by Special Rider Music

조이Joey (with Jacques Levy) Copyright © 1975 by Ram's Horn Music; renewed 2003 by Ram's Horn Music

존 웨슬리 하딩John Wesley Harding Copyright © 1968 by Dwarf Music; renewed 1996 by Dwarf Music

좁은 길Narrow Way Copyright © 2012 Special Rider Music

주여, 제 아이를 지켜주소서Lord Protect My Child Copyright © 1983 by Special Rider Music

죽은 자여, 죽은 자여Dead Man, Dead Man Copyright © 1981 by Special Rider Music

죽음은 끝이 아니야Death Is Not the End Copyright © 1988 by Special Rider Music

지평선 너머Beyond the Horizon Copyright © 2006 Special Rider Music

짙푸른 산을 지나'Cross the Green Mountain Copyright © 2002 Special Rider Music

천국의 문을 두드려요Knockin' on Heaven's Door Copyright © 1973 by Ram's Horn Music; renewed 2001 by Ram's Horn Music

옮긴이 **서대경**
한양대학교 영어영문학과를 졸업했다. 2004년 『시와세계』로 등단해 시인이자 번역가
로 활동하고 있다. 시집 『백치는 대기를 느낀다』로 제20회 김준성문학상을 수상했다.
옮긴 책으로 『등에』『창세기 비밀』 등이 있다.

옮긴이 **황유원**
서강대학교 종교학과와 철학과를 졸업했으며 동국대학교 대학원 인도철학과 박사과정
을 수료했다. 2013년 『문학동네』 신인상으로 등단해 시인이자 번역가로 활동하고 있다.
시집 『세상의 모든 최대화』로 제34회 김수영문학상을 수상했다. 옮긴 책으로 밥 딜런
그림책 『그 이름 누가 다 지어 줬을까』『불어오는 바람 속에』가 있다.

밥 딜런 시선집 3
불어오는 바람 속에

초판인쇄 2017년 11월 1일 | 초판발행 2017년 11월 13일

지은이 밥 딜런 | 옮긴이 서대경 황유원 | 펴낸이 염현숙
책임편집 고선향 | 편집 이현정
번역자문 제이크 르빈
디자인 김현우 유현아 | 저작권 한문숙 김지영
마케팅 방미연 함유지 강하린 | 홍보 김희숙 김상만 이천희
제작 강신은 김동욱 임현식 | 제작처 영신사

펴낸곳 (주)문학동네
출판등록 1993년 10월 22일 제406-2003-000045호
주소 10881 경기도 파주시 회동길 210
전자우편 editor@munhak.com
대표전화 031) 955-8888 | 팩스 031) 955-8855
문의전화 031) 955-8889(마케팅) 031) 955-1917(편집)
문학동네카페 http://cafe.naver.com/mhdn | 트위터 @munhakdongne

ISBN 978-89-546-4878-3 04840
      978-89-546-4875-2 (세트)

www.munhak.com

밥 딜런: 시가 된 노래들 1961−2012 | 영한대역 특별판(양장)
서대경·황유원 옮김

2016년 노벨문학상이 가수 밥 딜런에게 돌아갔다. 음악이라는 분야 안에서 뛰어난 문학성을 실현해냈다는 평가와 함께 사상 최초로 음악가에게 상이 수여됐다. 그의 작품을 집대성한 이 책에는 데뷔 앨범 《밥 딜런Bob Dylan》(1962)에서 《폭풍우Tempest》(2012)까지 31개 정규 앨범에 수록된 작사곡 전곡과, 활동 초창기에 썼거나 정규 앨범에 수록되지 않았던 99곡까지 포함해 총 387곡이 실려 있다. 독보적으로 구축해온 밥 딜런의 세계를 만날 수 있는 유일하고 결정적인 작품집이다.

25세의 청년 밥 딜런을 만나다
타란툴라
공진호 옮김

음악계의 전설 밥 딜런이 쓴 단 하나의 픽션
의식의 흐름 기법으로 쓰인 시적 산문과 가사의 조합

"사실 인생은 읽을거리에 지나지 않는다
& 담배에 불을 붙일 무엇에 지나지 않는다……"

"세상은 잠시도 멈추지 않았다―다만 폭발했을 뿐"

"그러나 세상은 어쨌든 음악을 듣지 않는 자들이 지배한다"

"이런 바보! 그래서 네가 혁명을 하려는 거구나!"

초판 출간 당시 "윌리엄 버로스의 『벌거벗은 점심』과 유일하게 비견할 만한 책"(뉴욕타임스)이라 평가받으며 화제의 중심에 섰던 『타란툴라』는 밥 딜런의 첫 '문학 작품'이자 유일한 픽션이다. 시적 산문과 노랫말이 조합된 이 실험적 소설은 밥 딜런을 '거리의 음유시인'이게 한 수많은 노랫말이 탄생하기까지 그의 머릿속 생각을 여과 없이 옮겨놓은 상상의 보고이자 수많은 페르소나의 각축장이며, 베트남 전쟁과 인권운동, 창조적 갈등의 소용돌이 속에서 환상을 보는 초현실주의적 서사시의 콜라주다. 시기적으로는 그의 포크록 3부작을 탄생시킨 작업 시기와 집필 시기가 겹쳐, 밥 딜런 명곡들의 흔적이 곳곳에 배어 있다. 그의 '창작 과정'에 관심 있는 이들에게는 갈증을 해소시켜주는 책이 될 것이다.